蛇笏・龍太の旅心

四季の一句

福田　甲子雄編著

山日ライブラリー

目次

一月……5
二月……27
三月……49
四月……73
五月……97
六月……121
七月……143
八月……167

九　月……191
十　月……213
十一月……237
十二月……259
あとがき……281

一月

一民

しろがねの潮たる初日濤《なみ》をいづ　蛇笏

前書に「田子の浦」とある。太平洋から昇る新年の太陽を眺めての景。何と新鮮でういういしい初日であろう。銀《しろがね》のように白い海の潮を滴らせて、いま元日の太陽が大波の中から出てくる。神韻のおよぶ自然鑽仰《しぜんさんぎょう》の作。句集『雪峡《せっきょう》』より。

昭和23年作

去年《こぞ》今年《ことし》航路真下の旅の町　龍太

除夜の十二時を過ぎるとそれを境に昨日は去年となり、今日は今年となる。時の流れの感慨が去年今年の季語。元日の旅での景である。新しい年の一番機が目的地に飛んで行く。年の流れはとどまることはない。句集『山の木』より。

昭和50年作

恍《こう》として高濤《たかなみ》の月はつ昔　蛇笏

新年になり過ぎた年を振り返る。去年への感慨が初昔という正月季語。沖から寄せる高波の上にぼんやりと白んだ月がかかっている。もう新しい年の夜明けである。過ぎていった旧年へのさまざまな思いが去来する。句集『雪峡《せっきょう》』より。

昭和24年作

初夢の逗子鎌倉は灯にまみれ　龍太

初夢は元日の夜から二日の明け方までに見る夢と、地方によっては二日の夜に見る夢をいう。逗子鎌倉と新旧の町の灯が煌々《こうこう》とついておりその灯にまみれている初夢を見た。逗子鎌倉に不思議なめでたさが漂っている。句集『遅速《ちそく》』より。

平成2年作

揚げ船に雞《とり》鳴く磯《いそ》家《や》初《はつ》凪《なぎ》す　蛇笏

岩の多い海岸近くに漁師の家があり正月を迎えている。近くの浜には海から揚げた船があり、その上で鶏が鳴く。元日の海は凪《な》いで穏やか。静かな一時《ひととき》である。鶏鳴《けいめい》がその静けさを破り正月らしい雰囲気となる。句集『春蘭《しゅんらん》』より。

昭和19年作

初《はつ》雀《すずめ》湧《わ》く大仏の影法師　龍太

鎌倉の元日風景であろうか。普段は雀の鳴き声など気にもとめないが、元日の雀をあらためて見ると、あちこちから湧いてくるように鳴く。その場所は大仏様の影の部分となっている。初詣《はつもうで》に来ての帰りではあるまいか。句集『今昔《こんじゃく》』より。

昭和54年作

はつはるの紋十郎にをんなの香　蛇笏

大阪の俳人寒々・青灯らと桐竹紋十郎の楽屋を訪ねた折の作。紋十郎は文楽人形の女形遣いの名手である。初春と女を平仮名で表したことで妖艶《ようえん》さがにじみ、正月にふさわしい明るい俳句になっている。句集『雪峡《せっきょう》』より。

昭和24年作

一月の風吹いてゐる河馬《かば》の顔　龍太

河馬が対象であるから動物園での作。一月は一年中で最も寒い季節。暦の上でも寒中に入って冷たい風が吹いている。熱帯の動物である河馬は寒中に、大きな鼻の穴と小さな目で悲しみを訴えているのであろう。句集『今昔《こんじゃく》』より。

昭和56年作

船客の子が麗貌《れいぼう》のてまりかな　蛇笏

船上での正月の和やかな風景である。てまりをついているのは女の子で、見目うるわしくあでやか。正月の着物姿であろう。麗貌とは美しい顔かたち。船中でてまりをついている光景は、いかにも正月のうららかさ。句集『霊芝《れいし》』より。　昭和9年作

冬深しふたたび海を見たるとき　龍太

寒に入り冬も深まっているとき、再び海で心身を休めようと来たのであろう。風邪の抵抗力を増すためには海の陽《ひ》を浴びるのが一番いい。しかし「海を見たるとき」の自問のなかには、健康面ばかりではない心の動きがある。句集『遅速《ちそく》』より。　平成元年作

氷下魚《こまい》釣《つり》獣《けだもの》の香をはなちけり　蛇笏

北海道のオホーツク海に面した氷海に穴をあけて釣ったり、網を入れて捕り生干しにした氷下魚は美味。この句の時代は多く収穫されたが現在は外国産が多い。氷の上に獣《けもの》の皮を敷き、衣服も毛皮を着て釣る。句集『山響集《こだましゅう》』より。　昭和13年作

沖の灯は雪なき国へゆく船か　龍太

沖に停泊している船の灯が明るくともる。きっとあの船はタンカーで南洋方面に行く油槽船。雪のない国へゆく船であるが、それを見ている日本の地は雪の季節。周囲に雪のあることが「雪なき国」の発想につながる。句集『山の影』より。　昭和57年作

あまゆるは風の水光注連飾《しめかざ》り　蛇笏

京都詩仙堂での作。詩仙堂は石川丈山の隠栖地《いんせいち》。詩仙の間には三十六板の中国詩人の肖像画があり、庭園には滝から流れる小川、添水《そうず》の鹿《しし》おどしがある。その水の輝きは風に甘えるように正月の注連飾りにおよぶ。句集『雪峡《せっきょう》』より。

昭和25年作

海女の子が雪かく父を見てゐたり　龍太

旅で得た作。雪の白さが輝く海辺の景。海女が生計をたてている集落ではないか。久しぶりの雪を掻《か》く父を見つめているのは女の子か。何かそんな感じがするのは「海女の子」の表出にあり、明るい眩《まぶ》しさがある。句集『涼夜《りょうや》』より。

昭和50年作

軍港の兵の愁ひに深雪《みゆき》晴《ば》れ　　蛇笏

軍港は艦隊の根拠地として特別な設備のある港湾。横須賀・呉・佐世保・舞鶴がもと日本海軍の軍港であった。この作の時代を考えると、深い雪が晴れて陸の行動に制限のある愁いが水兵の容姿ににじんでいる。句集『霊芝《れいし》』より。

昭和9年作

冬晴れのとある駅より印度人　　龍太

「とある駅」に表現の面白さが秘められている作。大きな駅ではなく、名前の知れている駅でもない。それぞれ読者が想像して鑑賞するとよい。冬晴れの海の見える駅、山の見える駅など自由。印度人のターバンが目につく。句集『涼夜《りょうや》』より。

昭和52年作

ききとむる寒鷗《かんおう》のこゑ浪《なみ》にそひ　　蛇笏

「一月十七日横須賀にて」の前書あり。太平洋戦争もこのころになると横須賀では軍港としての慌ただしさがあったろう。海では鷗《かもめ》の声が大きな波にそって鳴いているのを耳にした。緊迫した基地の海では寒鷗が鳴くばかり。句集『心像《しんぞう》』より。

昭和19年作

大寒や夜に入る鹿《しか》の斑《ふ》を思ふ　　龍太

大寒は一月二十一日ごろで最も寒さがきびしい時季であるが、日の光にはすでに潤いが感じられる。夜の凍《い》てつくような寒さのなかで、旅で見た鹿の一頭一頭にある真っ白い斑に、春はそこまで来ていると思うのである。句集『今昔《こんじゃく》』より。

昭和53年作

かなたなる海に日晦《く》らみ橇《そり》のみち　蛇笏

一月十七日甲斐を出発したみちのくの旅。「十九日青森へ着く。」と前書がある。彼方《かなた》に見える海の日は薄雲にかくれはっきり見えない。雪の上には橇の道が深々とあり、他国に来た不安感と旅愁が混在する。紀行文集『旅ゆく諷詠《ふうえい》』より。

昭和9年作

大仏にひたすら雪の降る日かな　龍太

鎌倉の屋外にある大仏が対象であろう。ひしひしときりなく雪の降る日である。大仏の頭・肩そして掌《てのひら》の上にも雪が真っ白に積もっていきまだやむ気配はなく、大仏の慈悲の表情が生き生きとしてくる。句集『今昔《こんじゃく》』より。

昭和55年作

新月の仄《ほの》めく艇庫《ていこ》冬眠す　蛇笏

新月は月の隠れてしまっている日だが、わずかな明るさは海の光と重なって、ボートをしまっておく倉庫がほのかに浮かんで見える。冬の間はボートも冬眠しているように倉庫に横たわったままである。句集『霊芝《れいし》』より。

昭和9年作

大寒の夜風吹きゐる善光寺　龍太

大寒になると太陽の光に潤いが出てくるが、寒さは一段ときびしいものがある。大寒の夜風であるならば身も凍るよう。善光寺の高い建物に風音はひびき、参道を一直線に吹きおろす風。耳も鼻もそがれそう。句集『遲速《ちそく》』より。

昭和63年作

お降《さが》りや銀座うら舗《みせ》鶴を吊《つ》る　蛇笏

お降りは主として元日に降る雨のことだが、雪の場合や三が日に降る雨もふくめる、と歳時記にある。東京銀座の正月の裏通りで目にした不思議な光景。鶴が店舗に吊されている。剝製《はくせい》であろうが驚きは深い。句集『雪峡《せっきょう》』より。

昭和24年作

大寒の月ののり出す港町　龍太

大寒の日の月齢が十七夜の立待月《たちまちづき》であるときなどは皓々《こうこう》として明るく、港町にのり出しているように見える。港の町は灯がともっていても薄暗く、まさに大寒の明るい月光がのり出しているように感じられる。句集『春の道』より。

昭和44年作

寒波に鴨《かも》たちあがる日和かな　蛇笏

「松島舟行」と前書がありみちのくの旅一連の作。松島の景勝を舟で眺めた折の光景である。極寒期の東北地方の海であるから寒さも格別。鴨が一斉に羽搏《はばた》いて波の上に立ちあがった、その瞬間を力強くとらえる。紀行文集『旅ゆく諷詠《ふうえい》』より。

昭和9年作

海遠くねむりて寒の遍路道　龍太

春には多くの遍路の通る道であるが、寒中はあまり人影が見えない。海は遠くにあり静かに眠っている。海が見える遍路道であることにより、四国八十八カ所の霊場を結ぶ遍路道がうかび、「寒」の一字がひびく。句集『今昔《こんじゃく》』より。

昭和56年作

火を焚《た》いて浦畠《うらはたびと》人の睦月かな　蛇笏

浦は海が陸に入りこんだところ。浦畠は蛇笏の造語ではあるまいか。海辺近くの畑で火の燃えているのを目にした。睦月は陰暦一月のことだが、正月というニュアンスも強い。畑に出て火を焚く人にも睦月の気配が漂う。句集『山廬集《さんろしゅう》』より。

昭和2年作

雪の船より人声のきこえけり　龍太

何か巨船ではなく伝馬船のような気がする船である。さんさんと降る雪の中で船から人の声がもれてきた。誰《だれ》もいない船と思っていただけに人声のあることに驚きがあり、雪の降る静寂さが広がってくる。句集『春の道』より。

昭和44年作

岬《さき》の濤《なみ》のけぞる宙《そら》の凍《い》てにけり　蛇笏

岬の先端の崖《がけ》に大きな波が当たっては砕け、寒い青空に飛沫《しぶき》をあげる。その波のすさまじい光景を空にのけぞる、と表現し凍りつくばかりの寒さを表す。大寒のころの岬の波のすさまじさが「のけぞる」の言葉にこめられる。句集『雪峡《せっきょう》』より。

昭和23年作

陽《ひ》のよろこびを全身に冬の海　龍太

冬の海に射す日はさんさんと輝いている。もうすぐ春になる陽のよろこびが全身に感じられる。眼前に広がる大海原はまだ冬の光景だが、日の光のきらめくなかに、春がそこまできていることを知らせる眩《まぶ》しさがある。句集『山の影』より。

昭和57年作

初狩のうす雪かむる檜山《ひやま》かな　蛇笏

一月十七日みちのくの旅にたったときの作。初狩は甲州郡内の地名で、その地を過ぎるとき檜山はすでに雪をかむっている。これから青森までの極寒の旅はいかばかりであろうと緊迫感がこころに漂う。紀行文集『旅ゆく諷詠《ふうえい》』より。

昭和9年作

鳴くかもめ陽《ひ》の幸《さいわい》は冬樹《ふゆき》にも　龍太

前書に「駿河久能山三句」とある。よく晴れた日で海も紺青に澄みその上をかもめが群れて鳴いている。冬の日は暖かく人にも樹にも差している。その冬日の暖かさを、陽の幸いと表現したところに自然への愛情が感じられる。句集『百戸の谿《たに》』より。

昭和28年作

浅草の寒晴る、夜の空あはれ　蛇笏

浅草の夜の街はネオンや外灯、店の灯で昼のように明るい。その華やかな浅草の上空はよく晴れて、寒中の凍りつくような冷たさを晴夜の空が一手に担っている。繁華街の明るさで冬の夜空は暗く哀れさを感じる。句集『山響集《こだましゅう》』より。

昭和12年作

雪やみしばかりの京の日暮れつつ　龍太

雪のやんだばかりの京都の寒さは厳しいが、厳しさのあるほど美しいのが京の町。それも日暮れの帳帷《とばり》がおりて来たときであり、まだ雪上に足跡もない明るさが漂っている。そんな厳しく美しい古都の風姿が余韻となっている。句集『今昔《こんじゃく》』より。

昭和56年作

月入れば北斗をめぐる千鳥かな　蛇笏

千鳥は古くから詩歌で冬鳥として作られ、留鳥《りゅうちょう》の千鳥も、春秋に見られる千鳥も冬の季語となっている。月が落ちた海上に北斗七星がきらきらと輝きを強める。その北斗を巡るように千鳥がかすめる。整った美しい作。句集『山廬集《さんろしゅう》』より。　大正6年作

一月の滝いんいんと白馬飼ふ　龍太

自選自解集によると堰堤《えんてい》から落ちる音がいんいんと山峡にひびくのを聞いての作という。その音が目をつむって聞くと天馬が駆けるようだったと。しかし、この白馬は旅のどこかで見たものがよみがえったのではあるまいか。句集『麓《ふもと》の人』より。　昭和39年作

春近し廻国どもが下駄《げた》の泥　蛇笏

廻国は諸国をめぐり歩くことで廻国巡礼の略と辞典にあるから巡礼者をさす。空海修行の遺跡をめぐる遍路とは少し異なる。春が近くなり巡礼の季節。道も春泥《しゅんでい》となり下駄に泥がたまる。百年近く前の作。句集『山廬集《さんろしゅう》』より。

明治42年作

どのヨットにもねんごろに雪が降る　龍太

ヨット・ハーバーに雪の降っている景であるが、「ねんごろ」の言葉によって雪に湿度が感じられ、春の近づいているような印象をうける。それは、自然に注意深く親しみをもって接しているからである。句集『遅速《ちそく》』より。

昭和60年作

二月

シャンツエに遅き寒月上りけり　蛇笏

シャンツェはスキーのジャンプ台のこと。寒の月がジャンプ台の上に夜更けて昇ってきた。スキーの跳躍台が備えつけられている場所であるから雪は深い。昭和十三年にシャンツェという意欲的な言葉で作句している。句集『山響集《こだましゅう》』より。

昭和13年作

灯台をめざす二月の老詩人　龍太

灯台を目ざして歩く老詩人が、二月であるから北国でなく暖地に思いをはせる。菜の花さえも咲いているような感じがするのは、二月の灯台であるからか。老詩人であるゆったりとした早春の暖かさが余情をよぶ。句集『山の木』より。

昭和47年作

きさらぎの一夜をやどる老舗《しにせ》かな　蛇笏

大阪魚駒楼の二階で句会を午前・午後の二回催した。その前夜は心斎橋の宮武寒々居に宿泊。寒々居は洋傘の老舗「みや竹」で、山梨県立文学館に蛇笏揮毫《きごう》の看板を寄贈。旅の情感を濃く感じさせるのは「きさらぎ」。句集『山廬集《さんろしゅう》』より。

昭和6年作

水槽に大亀《おおがめ》うかび春隣り　龍太

長崎の大きなべっ甲店でこんな光景を見たことがある。浦島太郎が乗った海亀のような大きな亀が水槽の中を泳いでいた。もう春がそこまで来ている感じが、日の光にも水槽の亀の表情からもうかがえた。句集『山の木』より。

昭和48年作

海に向く絶壁の凍《い》て明けしらむ　蛇笏

海の光を正面にうけて絶壁に波が打ちつけしぶきがあがる。しかも、夜が明けはじめてきた真冬の景であるから、しぶきも凍てつく。垂直に切り立った断崖《だんがい》がいま、白みはじめる夜明けの厳しい寒気の中にある。句集『雪峡《せっきょう》』より。

昭和23年作

立春の間近き室戸岬かな　龍太

二月に入ると四日が立春となるので、その数日前の作。室戸岬は高知県土佐湾東端に突き出している岬。かつて巨大な台風が通過したことでも有名。暖かい地方だけに立春が間近であれば花々が咲き乱れているだろう。句集『涼夜《りょうや》』より。

昭和50年作

ゆく雲に野梅は花のなごり哉《かな》　蛇笏

別府の温泉名所の間に挟まった素朴な凌雲台という梅園《ばいえん》での作。二月の上旬であったが見ごろを過ぎて、東風《こち》に花びらをこぼしている。丘の上から遥《はる》かに由布岳が見え、吹きおろす風に雲が流れていた。句集『山廬集《さんろしゅう》』より。

昭和6年作

立春の陽《ひ》の遠くある旅路かな　龍太

暦の上では立春から春となるが、寒さはなかなか衰えない。しかし、太陽の光の明るさにほのかな春の感じがする。旅にあって立春を迎えた感慨が「遠くある」という言葉にこめられて、旅心《りょしん》の深さを感じる。句集『山の木』より。

昭和46年作

狩くらの凍《い》てに大火の炎立《ほだ》ちけり　蛇笏

狩くらは狩座と書き狩猟の場所をさす。富士の裾野《すその》のような草原が考えられる。狩をはじめる前に暖をとるため枯草を集めて燃やしている。天を焦がすばかりに炎が立つ。「狩くら」の言葉が辺りの枯野を広々とする。句集『椿花集《ちんかしゅう》』より。　昭和32年作

なやらひの眼あそべる曠野《こうや》かな　龍太

なやらひは鬼やらいのことで、節分の夜の豆まき行事。「鬼は外」の声をあげて豆をまくが、眼は戸外の広々とした野原を見ている。曠野は何もなく広々とした野であるから、境川村ではない旅での節分の景が感じられる。句集『山の影』より。　昭和57年作

風呂《ふろ》あつくもてなす庵《あん》の野梅かな　蛇笏

「きさらぎのはじめ総州の旅路に麥南の草庵生活を訪ふ」の前書あり。風呂場から見た野梅の白さに旅の疲れが解《ほぐ》れる。湯加減は少し熱いがはるばる来た人へのもてなしの心。「生涯山盧門《さんろもん》弟子」は西島麥南の言葉。句集『山盧集《さんろしゅう》』より。　大正15年作

しばらくは野火のうつり香義仲忌　龍太

源義仲は木曾で幼年期を養育されたから木曾義仲ともいう。その忌日は寿永三年旧暦一月二十日。陽暦の二月二十日ごろ。野の枯草を焼いたにおいが衣服にしみて焦げ臭い。戦に明け暮れ近江で戦死した義仲に野火の香りは似合う。句集『今昔《こんじゃく》』より。　昭和54年作

余寒の児《こ》吸入かけておとなしき　蛇笏

余寒は寒明けを過ぎての寒さをいう。前書に「二月八日甥《おい》昌起病む」とある。昌起氏は蛇笏の妹の子で、元山梨中央銀行頭取。風邪の熱でぐずっていた子が、吸入器をかけると泣きやんだ。明快さのなかに季節感が据わる。句集『山廬集《さんろしゅう》』より。　大正12年作

陽《ひ》の果にうしほ顫《ふる》へて松毟鳥《まつむしり》　龍太

自選自解集によると来宮《きのみや》から箱根に抜ける松林のなかのささやかな宿での作。松毟鳥は四十雀《しじゅうから》より小さく黄色のかわいい野鳥で、宿の前の松林に虫をついばみながら数羽が群れていた。その先に早春の朝の海が輝いている。句集『童眸《どうぼう》』より。　昭和31年作

春の夜をはかなまねども旅の空　蛇笏

山口県三田尻の駅前山陽楼の二階で、一時間三十分ほど、「婦人の生活と俳句道」と題して俳話をした。神戸に向かう夜の時間を利用した予定に入っていない催し。その夜の思いを挨拶《あいさつ》として作句した。句集『山廬集《さんろしゅう》』より。

昭和6年作

春林の遠空《とおぞら》を見つ帯を解く　龍太

前書に「四万温泉」とあるから群馬県での作。林の中が春めいて見えたのは日の光によるものだろう。林の上にさんさんと注ぐ太陽の光に目を細めながら宿着の帯を解く。温泉のあふれる湯にも日の光が反射している。句集『童眸《どうぼう》』より。

昭和30年作

夜をこめて東風《こち》波《なみ》ひゞく枕《まくら》かな　蛇笏

大阪から別府までの船中での作。夜通し東風が荒々しい波音をたてて眠られず、鞄《かばん》から雑詠句稿を出して選句するが心はのらず葉書二、三枚を書き寝につく。枕には東風による荒波がひびいている。句集『山廬集《さんろしゅう》』より。　昭和6年作

鐘けふも下《げ》天《てん》にひびき冬《ふゆ》茜《あかね》　龍太

NHK趣味百科「俳句」で、長崎・島原に吟行した折の作。大浦天守堂で聞いた教会の鐘の音が、人間の命のはかなさをしみじみ表すようにひびき、冬の茜が空をバラ色に染めている。下天は仏教用語で人間界。句集『遅速《ちそく》』より。　平成2年作

日々通ふ船かすみたる避寒かな　蛇笏

別府での小句会の兼題が「避寒」。別府湾を一望する旅荘からは、かすみの中を船が静かに過ぎていく。避寒は避暑と同じ用法。暖かな地で寒さをさけることなので、別府への挨拶《あいさつ》となっている。紀行文集『旅ゆく諷詠《ふうえい》』より。

昭和6年作

武家屋敷より真清水へ朱欒《ざぼん》垂れ　龍太

長崎県島原での作。原城は鎖国時代の天草四郎の悲しい戦場地。現存している旧武家屋敷の前を流れる清水の上に、朱欒の大きな実がぶらさがっている。赤子の頭ほどに黄色く熟れた朱欒と武家屋敷は長崎ならではの景。句集『遅速《ちそく》』より。

平成2年作

東風《こち》つよく白帆のむるゝ汐《うしお》かな　蛇笏

神戸から別府への船中での作。一夜が明けて瀬戸内海の風光明媚《ふうこうめいび》な風景に目を遊ばせ、四、五メートル先の宙を鷗《かもめ》が群れて飛ぶ。船名は菫丸《すみれまる》。行き交う白帆の舟は東風の強さで進路に飛沫《しぶき》をあげていた。紀行文集『旅ゆく諷詠《ふうえい》』より。

昭和6年作

きさらぎは薄闇《うすやみ》を去る眼《め》のごとし　龍太

きさらぎは陰暦の二月で陽暦では二月末から三月末。漢字では如月と書く。目には見えない如月が、薄闇の中を去る眼のようだと、感性で得たものを見えるように表した作。「きさらぎ」の言葉には冴《さ》え返る光が感じられる。句集『忘音《ぼうおん》』より。

昭和42年作

温泉《ゆ》げむりに別府は磯《いそ》の余寒かな　蛇笏

別府の町はあちこちから湯煙をあげて温泉が湧《わ》く。紀行文によれば、防波堤の上を歩くと小雨が降ってきて肌寒さを感じ、砂風呂をあびたことが記されている。旅のはかなさが余寒の言葉にこもる。句集『山廬集《さんろしゅう》』より。　昭和6年作

雪解風《ゆきげかぜ》旧軍港も月夜にて　龍太

かつては、この港から戦艦や輸送船の出航が眺められた。今は商船や外国船の出入口となった旧軍港。しかも、月の明るいなかであるならば、今昔をしみじみと心に深く感じる。そんな思いに雪を消す風が吹き過ぎる。句集『今昔《こんじゃく》』より。　昭和55年作

酪《らく》舎《しゃ》より海の弓月春の霜　蛇笏

酪舎は乳牛を飼育する小屋と解していいだろう。酪農は牛乳・チーズ・バターなどを作る農場経営。そこから海上に春の弓月が浮かぶのが見える。弓月は三日月のこと。立っている土には春の霜が薄く降りている。句集『雪峡《せっきょう》』より。

昭和24年作

雲雀《ひばり》湧《わ》くはじめ高音のひえびえと　龍太

前書に「青栗諸友と武蔵野に蕗村新居を訪ふ」とある。「青栗」は山梨県内で昭和二十六年九月に創刊の俳句雑誌。辻蕗村が編集発行人、榎本虎山・五味洒蝶の選。創刊号に蛇笏・龍太をはじめ「雲母」古参同人九名の賛助出句あり。句集『童眸《どうぼう》』より。

昭和33年作

象《きさ》潟《かた》に見たる椿《つばき》と百姓ら　蛇笏

象潟は秋田県鳥海山麓《さんろく》にあり、かつては松島と並ぶ景勝地であった。奥の細道紀行に芭蕉も句をのこす。その地で目にしたものが椿の花と働く農民。きっと椿の花は真紅で、遠くからも鮮やかに見えたのではあるまいか。句集『椿花集《ちんかしゅう》』より。

昭和31年作

家に居る漁夫に雲湧《わ》く春の山　龍太

海が荒れているのであろうか。漁師が家におり彼方《かなた》を見つめている。春めいた山から雲が次々に湧き続ける。芽吹きのはじまる暖地の千葉か、静岡の春の山ではなかろうか。漁夫が家にいる不思議さが焦点。句集『山の木』より。

昭和46年作

文楽の春とはいへど灯影《ほかげ》冴《さ》え　蛇笏

一夕を歓談した桐竹紋十郎は二代目で、浄瑠璃の女形遣いの名手。文楽は義太夫節に合わせて演ずる人形芝居。その文楽を観劇に行っての作。春に入っているが劇場の灯は冷たく澄みきっていた。灯影は明かりに映しだされた姿。句集『雪峡《せっきょう》』より。　昭和24年作

深《み》空《そら》より茂吉忌二月二十五日　龍太

二月下旬の春めいた空から斎藤茂吉の忌日が、まるで煙のように地に近づく。忌日は目に見えるものではない。それをあたかも目に見えるように茂吉忌が表現されている。そこに茂吉へ対する敬意がこもる。句集『山の木』より。　昭和49年作

春浅し湊紙《はながみ》すてる深山草《みやまぐさ》　蛇笏

前書に「旅一句」とある。山を旅した折の作で蛇笏二十五歳。この年九月、若山牧水が境川村山廬《さんろ》（蛇笏居）に数日滞在。まだ春の浅い山中の草むらにポイと湊紙をすてた。早春の草の緑と湊紙の白さが面白い。句集『山廬集《さんろしゅう》』より。　明治43年作

さえざえと見上げて一葉なき旅心《りょしん》　龍太

目の前にある落葉樹はすがすがしいまでに一葉もつけていない。銀杏《いちょう》・欅《けやき》・楓《かえで》などを想起する。冬のきびしい季節を過ぎて、一葉もない木々を見ているうちに旅心がわきあがってくる。早春の感じがさえざえと澄むなかにある。句集『涼夜《りょうや》』より。　昭和52年作

草《そう》庵《あん》や花うるみたる梅一樹　蛇笏

別府の地獄めぐりをした折、地味にしずんでいた梅園《ばいえん》の草庵での作。古木の梅の花はしっとりと湿り気をおび夕日に潤って目をひく。草庵は草ぶきの小さな家と解していいだろう。花のうるみに旅情をみる。句集『山《さん》盧《ろ》集《しゅう》』より。　昭和6年作

探《たん》梅《ばい》や天城出て来し水ゆたか　龍太

探梅は山野に早く咲く梅を探しての言葉であるから、熱海の梅園作と決めつけない方がいい。熱海周辺の渓谷で早梅の花の香を探してたどり着くと、天城山からの豊かな水が海を目ざして流れていた。「ゆたか」に景色がなじむ。句集『今昔《こんじゃく》』より。　昭和54年作

春暖《ぬ》くく濠《ほり》へだつ御所音を絶え　蛇笏

御所は天皇や皇族の住居。古代からのことを考えると御所は日本中のあちこちにある。濠は城や御所の周りの堀のこと。春の暖かい日が濠にも御所にもさしているが、その内部は森閑として人の気配もなく音がしない。句集『雪峡《せっきょう》』より。

昭和24年作

うぐひすに滝音笑ひつつ暮るる　龍太

信濃旅情の中の作。鶯《うぐいす》の鳴く信州は梅の花の盛りである。川の水も氷が溶けて流れが多くなる。滝の水量も増加してあたかも笑っているような音。「滝音笑ひつつ」に鶯のもつ春告鳥《はるつげどり》の異名が思い浮かんでくる。句集『童眸《どうぼう》』より。

昭和32年作

春《しゅん》宵《しょう》の枕《まくら》行《あん》燈《どん》灯を忘る　蛇笏

別府からの帰りを大阪心斎橋通り宮武寒々居に泊まった。古風な枕行燈は灯がともらずに置いてあり、生粋な上方の寒々夫人へ明るい電球の光が春宵の艶《つや》をそそいでいた。見た景をきっちりと収めた作。句集『山盧集《さんろしゅう》』より。

昭和6年作

春めくと雲に舞ふ陽《ひ》に旅つげり　龍太

春めいた感じを最初に受けるのは、雲にさしている光のあでやかさではなかろうか。雲に舞う太陽の光に、今日また明日と旅の日を告げているようだ。雲に舞う陽が、春めく自然の現象を鮮明につたえる。句集『百戸の谿《たに》』より。

昭和27年作

三月

春の星戦乱の世は過ぎにけり　蛇笏

春の夜空に星の光が潤んで輝いているのを眺めると、いつか戦争のために世の中が乱れていったことも、すでに過ぎたような感じをうける。が、前年に満州事変が起こり、この年一月には上海事変が勃発《ぼっぱつ》している。句集『霊芝《れいし》』より。

昭和7年作

蜆《しじみ》売《う》りしばらく仰ぐ大手門　龍太

大手門は城の正門のこと。蜆は春の季語でこの季節に多く収穫される。蜆売りが大手門の前にさしかかり、しばらく立派な造りに目を遊ばせて眺める。春のゆったりとした雰囲気が、そうした仕草《しぐさ》の中にうかがえる。句集『春の道』より。

昭和44年作

春さむく筑波の詩人すでになし　蛇笏

前書に「常陸に旅して横瀬夜雨を偲《しの》ぶ」とある。常陸は現在の茨城県の大部分で、筑波も茨城県筑波郡の旧地名。同じ茨城県である。横瀬夜雨は明治から昭和初期に活躍し、郷土色豊かな詩風で筑波根詩人と称された。句集『家郷《かきょう》の霧』より。

昭和27年作

病草城を訪ひ梅を訪ひ春めく陽《ひ》　龍太

日野草城は昭和三十七年一月の没。大阪に俳句会があり、病養の草城を細田壽郎氏と見舞う。春の陽がさんさんと照り梅の花が盛りの香りを流す。草城は突然の見舞いであったが大変に喜んだ、と自選自解集にある。句集『百戸の谿《たに》』より。

昭和27年作

東風《こち》吹いて山椒魚《さんしょううお》に鳶《とび》啼《な》けり　蛇笏

上野動物園での作。春になった東京上野の桜は、蕾《つぼみ》も大きくなり開くばかり。動物園は多くの人出。その中で山椒魚に目をこらす。折から東風が吹いて空からは鳶の鳴く声がする。いよいよ春は本番となった。句集『白嶽《はくがく》』より。　昭和10年作

海女の村昼の男に椿《つばき》満つ　龍太

春昼の海女は海辺の白州に海草を干して働いていたが、集落の男が着流し姿で家から出てきた。伊豆に遊んだ折の漁村風景であることを自解しており、椿の真っ赤な花が男の頭上にいっぱい咲いていていた。句集『童眸《どうぼう》』より。　昭和31年作

船旅を終ふあは雪に弥撒《ミサ》の鐘　蛇笏

淡雪《あわゆき》は降るそばから消えていく春の雪。船の旅が終わり港に降り立つと、教会からミサの儀式の鐘が鳴りひびいてきた。カトリック教会からは賛美歌の声が淡雪の中に漏れていたのではあるまいか。異国情緒の漂う港の景。句集『白嶽《はくがく》』より。

昭和17年作

草《くさ》萌《も》えて上総《かずさ》下《しも》総《うさ》靄《もや》の果て　龍太

上総は旧国名で現在の千葉県の中央部分。下総は今の千葉県北部と茨城県の一部。温暖な地で草は緑に萌えあがる広大な地域。大地から靄が上総下総一帯に立ちこめて春の季節の深まりを伝え、旧国名が情感を濃くする。句集『春の道』より。

昭和44年作

啓蟄《けいちつ》のいとし児《ご》ひとりよちよちと　蛇笏

啓蟄は二十四節気の一つで土中から冬眠の虫類が出てくる季節。前書の「墨石庵」は神戸の嶽墨石宅。紀行文「筑紫へ旅す」の中に墨石庵に一泊したと記されている。幼子《おさなご》のよちよち歩きと、啓蟄が調和して余情を広げる。句集『山廬集《さんろしゅう》』より。　昭和6年作

春の旅古き手《て》帖《ちょう》の住所録　龍太

千葉県館山での作。旅に出るとき持参する手帖の住所録も年を経て古びている。たまたま出版社などに電話をしようと手帖を開いて感じたこと。目にした事実だけを俳句にして感慨がおよぶのは「春の旅」による。句集『春の道』より。　昭和44年作

のどかさや艇《はしけ》吊《つ》りたる艦の空　蛇笏

春の陽光はゆったりとしてのびやかな感じがする。軍艦に小さな舟が吊られているのものんびりと見えた。この二年前に日露戦争があり日本海海戦で大勝利。戦争の終わった軍艦にのどかさが感じられ青空が広がっている。句集『山廬集《さんろしゅう》』より。

明治40年作

花の遺影に爛《らん》々《らん》と時忘《ぼう》ず　龍太

前書に「十年前ここを訪れし蛇笏のために病友集つて追悼法要をいとなみ、その遺影を掲ぐ」。岡山県長島愛生園での作。昭和二十八年に蛇笏が来島し見舞う。それから十年後のいまは遺影となり時の流れをはかなむ。句集『麓《ふもと》の人』より。

昭和38年作

春寒や墓濡《ぬ》れそぼつ傘のうち　蛇笏

別府の渡瀬果秋の墓に未亡人の案内で詣《もう》でたときの作。雨でびしょ濡れになっていた墓に傘をさしかけ、その死を悲しみ春の寒さがことさら身にしみた、という内容。濡れていた墓へ傘をさしかけた心情に人柄が伝わる。句集『山廬集《さんろしゅう》』より。

昭和6年作

しんかんと栄螺《さざえ》の籠《かご》の十ばかり　龍太

竹籠の底に檜《ひのき》の葉が敷かれ、その上に栄螺が固く口を閉じて入っている。そんな籠が浜のみやげ店の台の上にある。まだ朝が早く並べられたばかりではあるまいか。十ばかりの籠が森閑としているなかにそんな感じをうける。句集『春の道』より。

昭和44年作

大和路や春たつ山の雲かすみ　　蛇笏

大和路は京の五条から伏見を過ぎて大和に至る道をいうのだそうだ。山の辺の日本最古の道とは違うが、春の芽吹きころの美しさは忘れられない。山々が薄雲とかすみに包まれて古代からの華麗さを堪能することができる。句集『山廬集《さんろしゅう》』より。

昭和6年作

恋猫の声のかなたに巨船見え　　龍太

港の恋猫の鳴き声は格別で辺りが色めきたってくる。広い場所を追いつつ鳴いている。その彼方《かなた》に停泊している巨船に灯が入りおぼろめく。恋猫と巨船の取り合わせに俳句ならではの詩情がわいてくる。句集『山の木』より。

昭和49年作

葦《あし》の間の泥ながる、よ汐《しお》干《ひ》潟《がた》　蛇笏

潮がひいて遠浅になった海が干潟。特に春の大潮のころは潮干狩りでにぎわう。したがって干潟は春の季語。河口付近の干潟には葦の枯れむらが長く続いている。潮がひき葦の間から海に泥が流れ出すのを発見した。句集『山廬《さんろしゅう》集』より。

明治40年作

春あけぼのの旅の肌着のひとかさね　龍太

旅は肌着の整理が大変で一日ごとに荷を出し入れする。春の夜が明け東の空がほのぼのと明るくなる。着替えた肌着の白さが春暁《しゅんぎょう》の中で旅愁を深くする。春の曙《あけぼの》は平安の昔から美しい景色として詩歌に描かれてきた。句集『春の道』より。

昭和44年作

春の月雲洗はれしほとりとも　蛇笏

前書に「袋田観光」とある。袋田は滝が有名で茨城県北部の久慈川の上流。袋田温泉、袋田ノ滝がある。夜に入り春月《しゅんげつ》が昼に見た滝の辺りからのぼった。「雲洗はれし」に温泉と滝の感激が残っているようだ。句集『家郷《かきょう》の霧』より。

昭和27年作

ひえびえと吉野《よしの》葛餅《くずもち》雉子《きぎす》鳴く　龍太

奈良の吉野には桜のほかにも、杉、葛、紙、酢など特産品が多い。葛餅は夏の食べ物だが一年中ある。雉《きじ》の鳴くのは春の交尾期の雄の声。春の日が照るなかで冷えた吉野葛餅を口にしたとき、鋭い雉の声がきこえてきた。句集『春の道』より。

昭和45年作

港路に復活祭の馬車を駆る　蛇笏

復活祭はキリストが死んでから三日目に復活したのを記念する祭。春分後の最初の満月直後の日曜日。その日、港の大路を復活祭の装飾した馬車が走る。蛇笏俳句にはキリスト教の季語を対象にした句も多い。句集『山響集《こだましゅう》』より。

昭和15年作

春めきし雪の小樽の列車音　龍太

三月中は雪の降る北海道である。小樽は港を前にして背後が山となっているので、雪の降る日など列車の音はよくひびく。それが谺《こだま》して春を呼んでいるかのようである。もうすぐ雪解けとなる春めいた季節。句集『今昔《こんじゃく》』より。

昭和53年作

クロス垂る市場の婆々《ばば》も聖週期　蛇笏

聖週期は復活祭直前の日曜日より始まる一週間。この週の曜日の上には聖がつく。港近くに並ぶ市場の老婆も胸に十字架を垂れてイエスの苦難を偲《しの》んでいる。「膚《はだ》に耀《て》る聖土曜日の頸飾《くびかざ》り」も同時発表の作。句集『山響集《こだましゅう》』より。

昭和15年作

文旦《ぶんたん》の実のぶらぶらと春の町　龍太

文旦はザボンの種類に入るが、ザボンより小さく洋梨形《ようなしがた》をして、九州南西部で多く栽培されているという。そんな文旦が春の町で枝にぶらぶら垂れさがっているのが目につき、南国の情感を濃くして旅心《りょしん》にひたる。句集『山の木』より。

昭和48年作

東風《こち》ふいて巣箱にひくき穂《ほ》高《だか》嶽《だけ》　蛇笏

前書に「上高地」とある。早春の北アルプス連峰前の樹林に鳥の巣箱があるのを発見。穂高岳は奥、前、西、北などの岳からなり前穂高岳が三、〇九〇メートルで一番高い。樹上の巣箱がそれより高く感じられる場所にあった。句集『白嶽《はくがく》』より。

昭和17年作

鳥雲に消えて日暮れの二条城　龍太

京都二条城は東西五〇〇メートル、南北四〇〇メートルの広い地域のなかにある。二の丸御殿やその庭園は豪壮で美しい。日本で越冬した鳥が北の空をさして帰る。その群れが雲の中に消え二条城に日暮れが迫る。句集『今昔《こんじゃく》』より。

昭和54年作

海凪《な》げるしづかさに焼く蠑螺《さざえ》かな　蛇笏

栄螺《さざえ》の壺焼きの匂《にお》いが浜の小屋に立ちこめている感じのする作だ。海は凪いで静かな浜辺には春の日がさんさんと差している。空は晴れて雲もなく、栄螺の焼けるいい匂いだけがあたり一面に漂う。句集『山廬集《さんろしゅう》』より。

明治43年作

旧伯爵家恋猫の闇《やみ》のなか　龍太

伯爵は貴族階級の五つの称号の三番目であるから、家も大庭園を巡らせた大きな屋敷であろう。普通なら誰《だれ》でも自由に訪れることはできない。その伯爵家に恋猫の鳴く声が、闇の奥から聞こえてきた。句集『山の木』より。

昭和48年作

炉《ろ》塞《ふさぎ》や不破の関屋の一とかすみ　蛇笏

冬の暖をとっていた囲炉裏《いろり》が春になって使われなくなり、炉を板や畳でふさぐことが炉塞。今から九十年前の作。不破の関は岐阜県関ケ原にあった関所で日本三関の一つ。歌枕ともなっている。その関跡はかすみの中。句集『山盧集《さんろしゅう》』より。

明治45年作

二《に》重《じゅう》橋《ばし》前《まえ》の日ぐれを鳥帰る　龍太

皇居の二重橋前広場にたたずみ、春の夕暮れ時の空を眺めると鳥の帰って行く光景に出合った。雁《かり》か鴨《かも》か、それとも鶸《ひわ》・鶫《つぐみ》の類か。都会の夕暮れの空に群れをなして北に帰っていく鳥の姿を見た感動をたんたんと表す。句集『山の影』より。

昭和59年作

常楽会《じょうらくえ》東国《あずま》の旅に出て会へり　蛇笏

常楽会は釈迦の亡くなった日の法要のこと。東国は東北地方と理解していいだろう。その旅中に常楽会と出合ったのである。それも仏の悟りは永遠にして安楽という意義のある日で、旅にある身をしみじみ思う。句集『山響集《こだましゅう》』より。

昭和15年作

荒魂《あらたま》の陽《ひ》の海に入る雪解川《ゆきげがわ》　龍太

荒く猛《たけ》き神霊が荒御魂《あらみたま》であるから荒魂も荒く猛々しい心の状態をさす言葉。太陽が大きく真っ赤に燃えて海に没しようとしている。雪解けで増水した川がごうごうと鳴りひびきその海に入る。迫力のある景である。句集『山の木』より。

昭和49年作

醍醐より夜をとふ僧や花の冷え　蛇笏

前書に「京都油小路のやどり」とあるから宿泊している宿に醍醐から僧侶が訪ねてきたのだ。醍醐は京都市伏見区で名刹《めいさつ》が多く醍醐寺は有名。醍醐寺といえば豊臣秀吉の花見。何か花見の宴《うたげ》を誘いに来たのであろうか。句集『春蘭《しゅんらん》』より。

昭和21年作

花店の十歩にしぶく春の潮　龍太

海まで十歩くらいの位置に花屋さんが店を開いている。道路を挟んで向こう側は海岸、こちら側は商店が並んでいる。なかでも花店は道路近くまで花を陳列する。春の波しぶきが、ときに店先まで飛んでくる。句集『山の木』より。

昭和47年作

海月《くらげ》とり暮遅き帆を巻きにけり　蛇笏

海月をとる作業をしていて遅日《ちじつ》に気づき、帆を巻いて帰る仕度をする。遅日は日暮れに焦点を合わせた季語で、日永《ひなが》は昼を中心に考えた季語。海月は種類によって食用にできるものがあり桶で塩漬にするという。句集『山廬集《さんろしゅう》』より。

明治44年作

父の船送る童女に雪解風《ゆきげかぜ》　龍太

港を出航する船を見送っている童女。龍太の句集をひもとくと子供を表現するとき、童女の言葉が多く見える。童女というなかにはふくよかさが感じられる。雪解けの暖風の中で父の船を見送っている童女の頬《ほお》が輝く。句集『涼夜《りょうや》』より。

昭和50年作

貝寄《かいよせ》や櫂《かい》を上げたる水夫《かこ》二人　　蛇笏

貝寄は陰暦二月二十二日ごろに吹く強い西風で、難波の浦辺に貝殻を吹き寄せる風。舟をこぐ水夫が二人、貝寄の風にオールを真っすぐに立てているのが見える。舟が風に揺れるのを櫂を立てて調節しているのであろう。句集『山廬集《さんろしゅう》』より。

明治43年作

朧月《おぼろづき》露国《ろこく》遠しと思ふとき　　龍太

朧月は春の月がかすんで柔らかく見えること。芝居の台詞《せりふ》や歌謡などによく出てくる言葉で、誰もが知っている日本の自然の美しさ。露国はロシア。朧月の美しさの中で、ロシアは国交の回復していない遠い国。句集『山の影』より。

昭和58年作

軍船は海にしづみて花ぐもり　蛇笏

前書に「壇ノ浦懐古」とある。壇ノ浦は山口県下関市の早鞆瀬《はやとものせ》戸《と》に臨む海岸で、源平合戦最後の戦場。桜の花の咲くころの曇天はひえびえとしている。その海を眺め八百年近く前の幼帝入水《じゅすい》のことなどを懐古したのである。句集『山廬集《さんろしゅう》』より。

大正6年作

軽き旅七分開きに苗ざくら　龍太

旅というほどのものではなく、武蔵野に家を新築した辻蕗村を甲府の仲間たちと訪れた折の一連の中の作。軽い旅で眺めたまだ苗のような桜の木に、七分咲きの花がついていた。ゆったりとした旅情感が漂う。句集『童眸《どうぼう》』より。

昭和33年作

海ぬれて沙《さ》丘《きゅう》の風に桃咲けり　蛇笏

沙丘は砂丘と同じ意味であるが、「沙」の方が細かい粒子の感じがする。海がぬれているのは当然だが、遠目には静かな海がことにぬれて見える。沙丘には乾いた風が吹き、彼方《かなた》の桃の花が色濃く咲いている。句集『雪峡《せっきょう》』より。

昭和24年作

新婚の目に麦の畝《うね》直走す　龍太

鎌倉の林蓬生と伊豆熱川に一泊し、下田方面に遊んだ折の作。伊豆は新婚旅行の多い場所。車窓からじっと緑の濃い麦の畝を眺めている新婚さん。麦は真っすぐに畝を正して次から次へと目の前を過ぎていく。句集『童眸《どうぼう》』より。

昭和31年作

四月

さくら餅《もち》食ふやみやこのぬくき雨　　蛇笏

歳時記をみると文政年間に江戸向島の長命寺境内で売り出された桜餅が最初という。塩漬けした桜の葉の芳香を楽しんで食べる季節感の濃い生菓子。春雨の東京で食べる桜餅には伝統の味がしみついていたのであろう。句集『山廬集《さんろしゅう》』より。

明治43年作

風ぬくし旅半ばより亡き子見ゆ　　龍太

この作の前年九月六歳の次女純子が急逝している。「信濃旅情」のなかの一作で、事実は小海線で小諸に出て浅間山麓《さんろく》の鉱泉宿に遊んだ折の作。旅の半ばに、亡くなった子の姿がありありと温《ぬく》い春風の中で浮かんできた。句集『童眸《どうぼう》』より。

昭和32年作

春《はる》北《なら》風《い》白《はく》嶽《がく》の陽《ひ》を吹きゆがむ　蛇笏

四月二日に境川を出発し五月八日帰着した大陸羇旅《たいりくきりょ》の作（随筆では四月三日出発）。白嶽は随筆によると、京城景福宮から見える灰白色の孤峰《こほう》。春の北風が白嶽にさす陽を吹き曲げるように感じられる烈風であった。句集『白嶽《はくがく》』より。

昭和15年作

春の雲人に行方を聴くごとし　龍太

信州富士見は甲州から峠ひとつ越えるだけだが、人柄が穏やかで純朴だ、と龍太自句自解にある。空に漂っている白雲も何かのんびりして、自分の行く先を下界の人にきいているようだ。のどかな旅《りょ》心《しん》が感じられる。句集『麓《ふもと》の人』より。

昭和36年作

うなだれて曠野《こうや》の風に春の旅　　蛇笏

京城・平壌を経て旧満州に入ったのは四月十日。その第一句目に据えられている作。地平線の彼方《かなた》まで家の見えない広野に、いま春風が土埃《つちぼこり》をあげて吹いている。しみじみとした旅懐が、「うなだれて」の表現に感じられる。句集『白嶽《はくがく》』より。

昭和15年作

旅ながく折れたる枝の花おもふ　　龍太

蛇笏一進一退の病状のなかでの関西の旅であることを作者は自解する。年譜によると淡路島での関西合同句会から和歌山俳句大会の旅。出発前に折れていた桜の枝の蕾《つぼみ》が、もう咲いたであろうかと気づかう。句集『麓《ふもと》の人』より。

昭和37年作

石獣のほとりの草の萌《も》えそむる　蛇笏

「奉天北陵」の前書がある。北陵は清朝第二代の皇帝の陵墓で、いろいろな石造物に精巧な彫刻があり石門や石階、石獣もその一つ。陵内は草が萌え出しやわらかな土の温《ぬく》もりが郷愁をさそう。句集『白嶽《はくがく》』より。　昭和15年作

人栖《す》まぬ島見つめゐて暮春かな　龍太

海上に浮く小さな島は人の住んでいないものがある。花々が散ったあとのぽってりとした日ざしには、暮春の陽気が濃く漂っている。人の住んでいない島をじっと見つめる胸中に、春を惜しむ趣がほのかに広がる。句集『山の木』より。　昭和48年作

春《しゅん》耕《こう》の鞭《むち》に月まひ風ふけり　蛇笏

果てしない大地を耕す馬を奮い立たせるように農夫の鞭が宙を切って鳴る。遅くまで明るい大陸の畑には月が出ている。鞭の音はその月を舞いたたせ風を生むかのように鳴りひびく。満州の黄昏《たそがれ》どきは切なく美しい。句集『白嶽《はくがく》』より。　昭和15年作

貝こきと噛《か》めば朧《おぼろ》の安《あ》房《わ》の国　龍太

安房は現代の千葉県南部。句の内容から千葉の国とするより安房が調和し、噛んだ貝のこきとした歯応えになじむ。貝の種類は多いが春に美味の赤貝の類の生であるような感じ。朧夜で一段と貝を噛んだ音に情感がつのる。句集『山の木』より。　昭和49年作

陽《ひ》は宙に春の天壇ねむるさま　蛇笏

太陽は空にゆったりとあり、北京郊外の天壇は春を眠っているようである。十五世紀に建造され歴代の皇帝が五穀豊穣《ごこくほうじょう》をここで祈った。祈念殿は三層の屋根で瑠璃瓦《るりがわら》を輝かせ、宙の陽にその美しさを誇るかのようだ。紀行文集『旅ゆく諷詠《ふうえい》』より。　昭和15年作

朧《おぼろ》夜《よ》の船団北を指して消ゆ　龍太

北方の漁へ出航する船団が甘く霞《かす》んだ夜の海を進んでいく。同じ漁場で行動を共にする船が集まって北を指す。その夜が朧であることにより、勇壮な出航の光景に春の柔らかさがまつわり、次々に消えてゆく船が美しい。句集『涼夜《りょうや》』より。　昭和51年作

妃《ひ》もゆきし春の階《はし》ふむ靴の音　蛇笏

前書に「紫禁城」とある。紫禁城は中国の故宮のこと。明、清朝の皇帝の居城。天安門から神武門まで直線で約千メートルの壮大なる規模。六十もの建物に九千の部屋。かつて妃《きさき》の歩んだ石階を踏む靴音に感慨が深む。紀行文集『旅ゆく諷詠《ふうえい》』より。　昭和15年作

しばらくは潮《うしお》にうかぶ榛《はん》の花　龍太

榛の花は山に自生し葉より先に棒状の長い花が垂れさがる。田んぼのたもとや山葵田《わさびだ》の遮光にも植えられる。海に浮かぶ榛の花に気がつき、しばらくその行方を追っている。地味な花だが季節を的確に伝える。句集『涼夜《りょうや》』より。　昭和50年作

春の昼のぞけば幽《く》らき閨《ねや》のさま　蛇笏

前書に「西太后閨房《けいぼう》」とある。現代も中国故宮では皇帝、皇后の寝所を見ることができる。清朝は西太后の女の確執によって滅亡の道をたどる。春の明るい昼であっても歴史のどろどろした暗さが寝室から感じられた。紀行文集『旅ゆく諷詠《ふうえい》』より。　昭和15年作

百《もも》千《ち》鳥《どり》魚にも笑顔ありぬべし　龍太

前書を読むとなるほどとうなずく。「爾今《じこん》『尊魚堂主人』と自称すと来信あれば」。井伏鱒二先生からのもの。川釣りの名手が釣りをやめたので魚たちも安心しているとの返信の作。百千鳥は春の明るい鳥の囀《さえず》り。句集『遅速《ちそく》』より。　昭和63年作

鴉《あ》片《へん》窟《くつ》春月ひくくとどまれり　蛇笏

大陸の旅では底辺まで見学してきた。人が集まり阿片《あへん》を吸っている秘密の地下室にも案内された。当時はまだこうした場所があったのだ。外に出ると肉色の春の月が、すぐそこに大きくとどまっている奇怪さがあった。紀行文集『旅ゆく諷詠《ふうえい》』より。　昭和15年作

お遍路の指の先なるカットバン　龍太

四国八十八カ所の霊場を巡拝する人が遍路。近年は秩父、京都、佐渡などのコースもある。白衣にご朱印を捺《お》してもらい身の汚れをはらい信心を深める春の季語。遍路の一人の指にカットバンが貼《は》られていたのが目に残る。句集『遅速《ちそく》』より。　平成3年作

長島の春趁《お》ふこころ鷗《かもめ》啼《な》く　蛇笏

岡山県長島はハンセン病療養所のある島。前日岡山県下俳句大会があり、翌日、長島を慰問し春季俳句大会を開催。春が走るように去る悲しみを鷗の声で感じ、その春を惜しむ心には島の人々への慈愛をこめている。句集『家郷《かきょう》の霧』より。

昭和28年作

水《み》草《くさ》生ふ絶えてひさしき伊《い》勢《せ》詣《もう》で　龍太

伊勢参りは江戸期庶民の観光遊びの性格もあり、春に多かったので俳句の季語となった。現代は伊勢神宮の参拝であるから四季を通すだろう。水が温《ぬる》み藻や浮き草が生えてくると、かつての江戸時代のことを思う。句集『今昔《こんじゃく》』より。

昭和53年作

能舞台幕料《りょう》峭《しょう》と夜風たつ　蛇笏

「淡路別春荘にて」の前書あり。料峭は春風が肌にうっすら寒く感じられるさま。蛇笏は「春寒料峭」の言葉を切り離して季語にする。能舞台に吊《つ》る幕は夜風に揺れ、肌寒さを感じるさまが料峭で完《かん》璧《ぺき》に把握されている。句集『霊芝《れいし》』より。

昭和10年作

女《じょ》中《ちゅう》達《たち》鳶《とび》眺めては睡《ねむ》からん　龍太

信濃での作。朝の仕事が一段落した女中たちが、よく晴れた空にゆったりと輪を描いて舞っている鳶を眺めている。この句には定かな季語はないが、季感として春眠が色濃く表現され、女中たちの会話にも眠さが漂う。句集『童眸《どうぼう》』より。

昭和32年作

観潮の帆にみさごとぶ霞《かすみ》かな　蛇笏

鳴門の観潮を眺めての作。みさごはタカの類でトビと大きさは同じ。海浜に生息し海上を飛翔《ひしょう》し、魚を捕らえる。みさごが観潮船の帆をかすめて飛び、鳴門海峡は霞の中にぼんやりとしているが、その下に渦を巻いた海流が見える。句集『霊芝《れいし》』より。　昭和10年作

干魚の眼《め》のまだうるむ夕がすみ　龍太

野外の棚に並べられた魚が青々と夕霞《ゆうがすみ》の中で新鮮な色彩を見せる。干した魚の目はまだ湿っている。朝干した魚が夕べになっても目に水分をふくんで新鮮さを保つ。浜風が吹いて干魚はよく乾き、浜に魚臭が満ちている。句集『山の木』より。　昭和46年作

由良の帆に柑《かん》園《えん》の風光りけり　蛇笏

由良は淡路島の港町で現在の洲本市。島の南東端にあり紀淡海峡に面す。港に船の白帆が並び、柑橘園《かんきつえん》から吹いてくる風はまだ少し冷たいが、晴天の明るい日の光に風が光る感じがする。淡路岩屋からの眺望作。紀行文集『旅ゆく諷詠《ふうえい》』より。

昭和10年作

春林に犬の男名乙女呼ぶ　龍太

伊豆の熱海に近い場所での作。春めいて芽吹きのはじまる林の中を、年若い女性が犬を連れて散歩している。その犬の名があきらかに男の人の名であった。犬を呼ぶ少女の声にはにかみが感じられ、春林に情感が深まる。句集『童眸《どうぼう》』より。

昭和31年作

月うすき東大寺みち春の夜　蛇笏

雲母大阪支社の同人が集まって、松本という小庵《しょうあん》で句会を催した。雨の中であったが多くの人が参集し懇談・句会となり、その席上で作句したもの。奈良の東大寺へと続く春夜の道は、月の光もうっすらとおぼろであった。紀行文集『旅ゆく諷詠《ふうえい》』より。

昭和10年作

野に山に甘えて母子の遍路行　龍太

遍路は弘法大師ゆかりの四国八十八カ所霊場を巡拝することだが、坂東・秩父・京都・小豆島・佐渡ケ島の霊場めぐりもある。幼子《おさなご》を連れての母子遍路には深い事情があろう。暖かくなった野に山に甘えるように母子が歩いていく。句集『山の影』より。

昭和59年作

砂丘ふく風に霞《かす》みて旅疲れ　蛇笏

この年の四月二日に境川村を出発した旧満州の旅での作。前書に「一文字山を訪ふ」とある。砂丘の上を吹く風は砂を巻きあげ霞《かすみ》のようだ。日本を離れ外国の異なった季節のなかで、旅の疲れを感じている。紀行文集『旅ゆく諷詠《ふうえい》』より。

昭和15年作

春風のゆくへにも眼《め》をしばたたく　龍太

前書に「I先生芸術院賞受賞」とある。I先生は井伏鱒二先生のこと。春風が吹き過ぎていくなかで、遥《はる》か彼方《かなた》を眺めしきりに瞬《まばた》きをしているI先生の受賞の表情をとらえての作。しばたたくは、しきりにする瞬きのこと。句集『童眸《どうぼう》』より。

昭和31年作

ながしめす駱《らく》駝《だ》に旅の遅《ち》日《じつ》光《こう》　蛇笏

前書に「マルコポーロ橋のほとり」とある大陸羇旅《たいりくきりょ》の作。駱駝が顔は動かさずに目玉だけを作者の方に向けた。すかさず流し目と表現する。夕暮れの大きな太陽が地平線に真っ赤に沈んでいき、遅日の季節を認識する。句集『春蘭《しゅんらん》』より。

昭和15年作

春光の藻を曳《ひ》く海女に雲の房　龍太

春の潤いある光が白州に干す藻にあふれている。海女が海藻を曳きずり干しているのを、伊豆半島の熱川から下田に出るバスの車窓より眺めての作。海の沖に春の雲が湧《わ》いているのを、「雲の房」と表し旅情がたかまる。句集『童眸《どうぼう》』より。

昭和31年作

駱駝隊商《キャラバン》に春鬱々《うつうつ》と草萌《くさも》ゆる　蛇笏

駱駝《らくだ》に商売の荷を積んで各地を回る隊商と、盧溝橋の戦跡で会った。昭和十二年七月七日日中戦争の発端となった場所。欧米人は盧溝橋のことをマルコ・ポーロ橋と呼ぶそうだ。暗鬱な思いの場所に草が萌え出していた。紀行文集『旅ゆく諷詠《ふうえい》』より。　昭和15年作

百千鳥《ももちどり》一夜の客もメジナ釣り　龍太

百千鳥は鳥の名前ではなく繁殖期に雄が雌に呼びかける諸々《もろもろ》の鳴き声で、囀《さえず》りと同意語。同宿の一夜の客も磯釣りでメジナに挑戦していた。背後の森から鳥の鳴き声がきこえる。メジナは鯛《たい》に体形が似ているが全身青黒色。句集『涼夜《りょうや》』より。　昭和50年作

春《はる》闌《た》けて禁《きん》裡《り》の湖《うみ》をわたりけり　蛇笏

前書に「昆明湖」とある。漢の武帝が長安城の西に掘らせた人工湖。昆明湖は北京や雲南省にもあるが、この旅程に入っていない。禁裡は宮中などをさし、みだりに入るのを禁ずる意。春の深まる中でその湖を渡った。紀行文集『旅ゆく諷詠《ふうえい》』より。

昭和15年作

遠洋に出《い》づべき船と春の山　龍太

遠洋漁船は外洋の荒波を越え、しかも漁獲物を保蔵し船中で処理、加工する性能を持った船であるから、大きく頑固に造られた船である。遠洋漁業に出発すべき船を、春の山があたかも豊漁を祈るように見送っている。句集『涼夜《りょうや》』より。

昭和50年作

春の日は無限抱擁月をさへ　　蛇笏

「……参議院議員選挙の投票を了《お》へて上京、翌日東京駅より一路西下す」と前書にある。春の日は明るく空の隅々にまで輝き、薄々とある月までやさしく抱く。それを無限抱擁という感じ方で表し、宇宙感ある大らかな作とした。句集『家郷《かきょう》の霧』より。　昭和28年作

艫《とも》綱《づな》を投げて朧《おぼろ》の音となる　　龍太

感性の鋭敏さがないと、船尾にある綱を陸に投げた音が朧のようだ、とは表現できないだろう。船を艫綱で止める港も朧夜であり、それを眺めている人も朧の中であってこそ、綱の音が朧となるのではあるまいか。句集『涼夜《りょうや》』より。　昭和50年作

まなじりに比良の雪光暮の春　蛇笏

まなじりは目じりのこと。暮の春は春が果てようとすることで、春の暮とは違う。そんな暮春の中でも比良山には雪が輝く。近江八景の一つに比良の暮雪があり、まなじりにその雪光がおよぶ。比良であってこその作。句集『家郷《かきょう》の霧』より。

昭和28年作

遍路寺担《か》き出《い》でし荷は何ならむ　龍太

霊場何番かの札所である遍路寺から肩でかついだ荷物が出てきた。一体この重そうなものは何であろうか、と不審と興味を抱く。しかし遍路寺であるだけに不思議な光景を見たような思いがつのる。しかし、荷の中身は不明。句集『今昔《こんじゃく》』より。

昭和56年作

春ふかく旅ゆく人に山聾《ろう》す　蛇笏

大陸旅行を回想す、という「リラ咲きて旅懐しく春の風邪」等の作と並ぶ。春も深まって風も心地よく過ぎる豊かな季節。高い山などで耳が聞こえなくなることがあるが、この句は旅人に山が耳を閉ざしているようだと。句集『家郷《かきょう》の霧』より。

昭和29年作

黒服の春暑き列上野出《い》づ　龍太

結婚式が終わり新婚旅行の人を駅頭に見送っている景。石原八束の婚儀で、この時代では遠方に行く列車は上野駅を始発とする場合が多かった。黒いダブルの服に白いネクタイが、春の暑い上野駅に並ぶ。句集『童眸《どうぼう》』より。

昭和29年作

五月

黝《くろ》汐《しお》にのりて春趁《お》ふ鷗《かもめ》かな　蛇笏

前書に「青森埠頭《あおもりふとう》」とあるので、彼方《かなた》に北海道を望んだ港での作。青黒く澄んだ夕暮れどきの満ち潮に、真っ白な鷗が波に乗り漂っている。その姿は行く春を追っているようで旅情感を増す。黝は青黒いの意。句集『霊芝《れいし》』より。

昭和8年作

萌《も》えつきし多摩ほとりなる暮春かな　龍太

『定本百戸の谿《たに》』所収。二十三歳の作。山梨から東京に出るには多摩川を越えなければならない。川辺の草々は萌えつきて、草丈も伸び暮春の感じがとっぷりとこめられている。ちなみにこの作、甲府例会蛇笏特選一席であった。

昭和18年作

夏近き禁裡《きんり》の雲に啼《な》く鴉《からす》　蛇笏

禁裡はみだらに中に入ることを禁じるの意で宮中をさす言葉。桜の花も終わり新緑の美しい皇居の森は、薄雲がたなびき鴉の鳴く声にも涼しさが漂っている。夏の近い禁裡の鴉は神武天皇東征の八咫《やた》烏《がらす》に思いがおよぶ。句集『霊芝《れいし》』より。

昭和11年作

礁《かくれいわ》魚出《い》で入りす俊寛忌　龍太

前書に「三月某日となすは、もとよりかりそめと思へども」とある通り、僧俊寛は平家討伐を計画して捕らえられ島流しになり没したと伝えられるが定かではない。水中に隠れている岩礁《がんしょう》を魚は自由に出入りしているのに。句集『遲速《ちそく》』より。

平成3年作

高潮をむかへて漁港春さむし　蛇笏

昭和二十五年五月、石原舟月を供とし三週間余、北海道各地を巡り俳句の文学性を説く。その北海道の地を前にした青森港での作。大波を目の前にしたこれからの旅の決意が、「高潮」から感じられる。句集『雪峡《せっきょう》』より。

昭和25年作

五月なほ雪舞ふ国の山ざくら　龍太

山桜は葉が赤みを帯びて普通の桜より開花が遅い。五月になっても雪の舞うこともあるのは高い山を持つ県。県を国と表し日本の古いイメージを偲《しの》ぶ。長野・富山・山梨の奥地に見る景。静かだが緊迫感がある。句集『山の木』より。

昭和48年作

雁風呂《がんぶろ》や笠《かさ》に衣《きぬ》ぬぐ旅の僧　蛇笏

雁風呂は津軽の伝説を季語としたもので、雁《かり》が北方に帰ったあと浜辺にある木片で風呂をたて死んだ雁を供養する。木片は飛来した雁がくわえてきたもので、事故にあった数だけ残る。笠の中に衣をぬぎ雁風呂に旅僧が入った光景。句集『山廬集《さんろしゅう》』より。　明治45年作

鮠《はや》透くや齢《とし》ひそかなる尼の肌　龍太

川に鮠の銀鱗《ぎんりん》が翻り、木々は緑となる京都大原での暮春の作。散策の尼を眺め年齢は定かではないが、手や顔の艶《つや》やかさからすると中年のころではないだろうか。「齢ひそかなる」で読者は勝手に想像して鑑賞すればよいのだ。句集『童眸《どうぼう》』より。　昭和30年作

北海のむらだつ雲に夏来る　　蛇笏

句集ではなく句文集『北方羇旅《ほっぽうきりょ》の諷詠《ふうえい》』所収。青森港から連絡船羊蹄丸で函館に着く。北海道に渡る船上から眺める雲は群がり立って白く、夏の来たことをしらせている。「夏来る」に季節感だけでなく作者の感慨がにじむ。

昭和25年作

短夜《みじかよ》の明けゆく波が四国より　　龍太

岡山県児島半島海岸のホテルでの作。明け易い季節であり夜の短さを感じる時候。午前四時ごろであろうか、目覚めると夜明けの波が、四国香川から寄せてくる。短夜の浅い眠りを播磨灘の波がすがすがしく包む。句集『遅速《ちそく》』より。

平成元年作

北辺の大冬尽くる海を越ゆ　蛇笏

これから北海道の旅に出る感慨がこの句にはこめられており、句文集『北方羇旅《ほっぽうきりょ》の諷詠《ふうえい》』の開巻第一句目におかれている。五月上旬にやっと北方の地の長かった冬が終わる。「大冬」の言葉には寒さが厳しく長い冬が表現されている。

昭和25年作

夏に入る高嶺《たかね》は沖の島を呼び　龍太

場所の限定はしなくてもいいが、あえていうならば静岡県での作ではなかろうか。高嶺を富士山としてみると、伊豆の島々が浮かんでくる。五月の明るい陽光のなかで、島は富士から呼ばれているような感じがしてくる。句集『山の木』より。

昭和47年作

オホックの濤《なみ》先《さ》き夏の匂《にお》ひかな　蛇笏

オホーツク海を眺望しての景。ロシアより押し寄せる大波の尖端《せんたん》の白さから、夏の匂いを感じとった感性の鋭敏さが、目立たずに表現されている。そこに旅情だけでない大自然と対峙《たいじ》しての緊張がある。網走での作で句文集『北方羇旅《ほっぽうきりょ》の諷詠《ふうえい》』より。昭和25年作

鮑《あわび》割く裏手の闇《やみ》の夏に入る　龍太

鮑貝は見た目が一枚の貝殻のようであるから、一方的な恋を鮑の片思いなどとたとえる。厚く堅い貝殻を刃物で開けている背後は刻々と夜の暗さがたちこめる。「裏手の闇」といった言葉に夏に入った潤いが感じられる。句集『春の道』より。昭和44年作

春耕《しゅんこう》やみな背の低き蝦夷乙女《えぞおとめ》　蛇笏

五月十一日の朝、湯川を出発して岩内へ凍魚・舟月とともに向かう。この句は羊蹄山付近の風景。やっと春らしくなった大地に若い女性の働く姿を見て、背丈の低さを感じたのは雄大な耕土のため。蝦夷は北海道の古称。句文集『北方羇旅《ほっぽうきりょ》の諷詠《ふうえい》』より。

昭和25年作

沖見つめゐて夏柑《なつかん》の落果見ず　龍太

夏蜜柑《なつみかん》は江戸時代半ばに山口県長門の海岸に流れてきて種子をまいたのが最初で、その原木が国の天然記念物になっているという。初夏の沖を眺めていて夏柑の落ちた音に気付くが、落果の瞬間は見ずじまいであった。句集『山の木』より。

昭和46年作

茱《ぐ》萸《み》さいて穂《ほ》高《だか》嶺《ね》あをき雲間かな　蛇笏

初夏に咲く秋グミの白い花であろう。グミにも夏グミ、苗代グミなどがある。足元に咲くグミの花と遠景との対比が美しい。夏の穂高嶺の雄大な容姿が雲の間からのぞく。雪解けのはじまる青さが、涼しいブルー色で迫る。句集『心像《しんぞう》』より。

昭和18年作

薄《はく》暑《しょ》来る信越雲の彼方《かなた》にて　龍太

薄暑はかすかに暑さを感じる気候で、心地よい初夏の暑さをさす季語。信州も越後も夏めいてくる雲の白さの果て。若葉青葉のころは特に信越方面の旅情が胸中にわきあがり、雲の彼方にあこがれる。句集『山の影』より。

昭和59年作

捨て櫂《かい》や暑気たゞならぬ皐月空《さつきぞら》　蛇笏

高室呉龍、樋泉汀波と連れ立って静岡への旅。前書に「田子の浦」とある。浜辺に舟の櫂が捨てられたように、五月の陽光のただならない暑さを浴びポツンとしている。一本の櫂の存在と皐月空に感じ入った作。紀行文集『旅ゆく諷詠《ふうえい》』より。

昭和3年作

海辺まで花なにもなき涼しさよ　龍太

五月十四日関西の会で岸野曜二氏の雲母選賞授与式があり岡山へ。翌日玉野市の瀬戸大橋を望むホテルに宿泊。早朝、海辺まで散策するが目につく花は何もなかったことに、山国とは違った涼しさを肌で感じる。句集『遅速《ちそく》』より。

平成元年作

畑を打つ斜面の女風に耐へ　蛇笏

五月十二日小樽高台で暮雪、昼虹、良雄らと句座を催す。小樽は坂の町であり畑も傾斜地に多く展《ひら》けている。海風が強いので、畑を耕す女性はいつも風に耐えての農作業である。北海道にもこうした耕地はあるのだ。句文集『北方羇旅《ほっぽうきりょ》の諷詠《ふうえい》』より。　昭和25年作

夏《なつ》鶯《うぐいす》こゑの貫ぬく睡《ねむ》たき空　龍太

前書に「京都観音寺」とある。京都には北の観音寺と西の観音寺があり、西は北野天満宮近くで十一面観音像が安置される。山の涼しい場所では夏に入っても鶯がまだ鳴いており、眠たげな空をその声が鋭く貫く。句集『百戸の谿《たに》』より。　昭和27年作

初夏の樺《かば》いよいよしろく雨曝《あまざら》し　蛇笏

北海道定山渓から留萌に移動する途中での作。白樺の木肌は夏になり心の洗われるような白さ。一本ではなく白樺の林ではなかったろうか。ことに大粒の雨のなかにあって白樺の白さはすがすがしい初夏の色。句文集『北方羇旅《ほっぽうきりょ》の諷詠《ふうえい》』より。　昭和25年作

壁厚き家々に雨夏鮮《あら》た　龍太

奥伊豆大瀬での作。土蔵造りのなまこ壁が多くある美しい漁村。五月二十二日に俳句会があり、蒼石・寒々の長老の出席もあった。壁厚きは土蔵のなまこ壁を思わせ、昨日までの晴天が今日は雨となり家々の壁に海風が吹きしぶく。句集『忘音《ぼうおん》』より。　昭和41年作

露《ろ》人《じん》墓《ぼ》地《ち》青《あお》葉《ば》隠《が》くりに虹消ゆる　蛇笏

句集『山響集《こだましゅう》』所収の哈爾賓《ハルビン》での作。かつて白系ロシア人の多かった旧満州北部の都市。墓地の周囲は滴るような青葉の森、その奥にいま虹が消えていく。故郷を追放された露人の墓だけに虹の消えていく感慨は深い。

昭和15年作

遠くより風来て夏の海となる　龍太

まったく目につく技巧的な表現はなく、そこにある自然のなかに作者も溶けてしまっている。どこから吹いてきたのか、遥《はる》か彼方《かなた》からの風がときどき海は夏の輝きとなる。読後に初夏の海の波音がきこえてくる。句集『遲速《ちそく》』より。

平成元年作

瀬田の雨葭《よし》簀《ず》をすきて五月かな　蛇笏

雲母四百号記念大阪大会に出席し、帰途琵琶湖畔義仲寺《ぎちゅうじ》などを訪ねる。前書に「石山寺麓《ふもと》茶屋《ぢゃや》」とある。寺近くの茶店で休憩し葭簀ごしに降る雨を見る。五月の季節に適《かな》った瀬田の雨が白い矢のように降る。句集『雪峡《せっきょう》』より。　昭和26年作

せんだんの花亡《ぼう》国《こく》の香を放ち　龍太

栴檀《せんだん》には香木の白檀《びゃくだん》と楝《おうち》の二つの木の呼称がある。この句は香料植物白檀をさす。国が亡《ほろ》びるまで酔い痴《し》れる花の香り。はじめ淡黄色でのち赤色になるという花。「栴檀は双葉より芳し」はこの白檀の木。一度見たいものだ。句集『今昔《こんじゃく》』より。　昭和53年作

石狩の雨おほつぶに水芭蕉《みずばしょう》　蛇笏

豊平川上流の温泉地定山渓近くにある白糸ノ滝での作。下車すると天が泣き出しそうな天候になっていたことが句文集に記されている。滝近くの水芭蕉の群落を眺めているとき、石狩特有の大粒の雨が降り出してきた。句集『雪峡《せっきょう》』より。

昭和25年作

群《ぐん》燕《えん》にあかつきの灯のしのびやか　龍太

「発哺温泉天狗の湯」と前書があるから、長野県志賀高原での作。夜明け前のうすあかるさのなかで、ホテルの電灯がひそかに点《とも》っている中を燕《つばめ》は群れて飛んでいる。岩燕であろうか。高原の五月の暁《あかつき》はひんやりとしてさわやか。句集『百戸の谿《たに》』より。

昭和28年作

牧馬はみな首垂れて初夏の雨　蛇笏

句文集『北方羇旅《ほっぽうきりょ》の諷詠《ふうえい》』所収。釧路原野から帯広に向かう途中での景。牧場の馬が初夏の雨のなかで、うなだれるように草を食べ地を見つめている。「首垂れて」の表現のなかに北海道の短い初夏の雨の、冷え冷えとした感じがある。

昭和25年作

鹿《か》の子にもものの見る眼ふたつづつ　龍太

鹿《しか》の子は五月に多く生まれるので夏の季語。新緑のなかでつぶらな二つの目に見つめられると可愛《かわい》さがわく。目のことを眼と呼ぶのは目だまを強調してのこと。黒い大きな子鹿の目にぴったり。当たり前のことが俳句になる瞬間。句集『今昔《こんじゃく》』より。

昭和54年作

旅人に遠く唄《うた》へり蓴《ぬなわ》採《とり》　蛇笏

蓴は歳時記を見ると古い池沼に生じる多年生の水草。初夏の若い茎や葉を吸い物や酢の物にする。あのぬるっとした蓴菜《じゅんさい》のこと。山梨ではあまり見かけない。彼方《かなた》の蓴舟から歌声がきこえて旅情をそそる。句集『山廬集《さんろしゅう》』より。

明治43年作

餉《げ》にもどる巫女《みこ》に卯浪《うなみ》のはるかかな　龍太

社務所の近くの家に昼食をとりに出る巫女装束の娘。その彼方《かなた》には卯月の浪が白々と立つのが見える。卯月は陰暦四月、現代の五月にあたる。卯浪の白と巫女の朱の袴《はかま》の対照が、五月の薫風の中であやなる美しさを描く。

昭和51年作

夕焼けて天《てん》柱《ちゅう》宝《ほう》の夏《なつ》嵐《あらし》　蛇笏

定期観光バスが層雲峡に入るとこの句をガイドが紹介する。そのバスに乗ったことがある。句文集に「断崖絶壁《だんがいぜっぺき》が行けども行けども尽きない雄大さ神秘さ」と蛇笏は書く。天柱宝はその名称。帰途に火のような北海道の夕焼けにあう。句集『雪峡《せっきょう》』より。　昭和25年作

卯《う》波《なみ》見ゆ時得てところ定まらず　龍太

卯波は卯の花が風に吹かれるさまから名付けられたと歳時記にあり、陰暦四月のころの波をさす。その波を眺めながら、時間をとることができたのだが、さてどこに行くのかまだ定まっていない。そんな思いで卯波を見つめる。句集『今昔《こんじゃく》』より。　昭和53年作

夏旅の奥《おく》蝦《え》夷《ぞ》さむく老《おい》を見ず　蛇笏

二十日釧路原野に立ち、明治中期境川村から開拓に入植した人を思って感懐を深くする。釧路原野に多いツンドラ地帯を眺め奥蝦夷という言葉を得る。老人を見ないことはこの土地の厳しさを物語っている。句文集『北方《ほっぽう》羇旅《きりょ》の諷詠《ふうえい》』より。

昭和25年作

夏《なつ》暁《あけ》の湯の灯にとほき船の旅　龍太

前書に「別府より神戸に向ふ」とある。別府を離れ夜明け前の薄暗さのなかで振り返る彼方《かなた》に、温泉街の灯が空に煌々《こうこう》と別府の位置を示す。夏の夜明けのすがしさの中で、大型客船は一途に神戸をさして進む。句集『百戸の谿《たに》』より。

昭和27年作

噴煙に日が亡《ほろ》びつゝ南吹く　蛇笏

硫黄山はアイヌ語でアトサヌプリ。句文集『北方羇旅《ほっぽうきりょ》の諷詠《ふうえい》』で使われている言葉。山には一木一草もなく噴煙をあげ、噴出口には硫黄が美しく固まっている。太陽も噴煙と臭気にあえぐようで、山からの南風がその煙臭を運んでくる。

昭和25年作

泳ぎ子の五月の肌《はだえ》近く過ぐ　龍太

五月の陽光の中で泳ぎ遊ぶ子供を見るのは静岡県のような温暖な地であろう。子供の肌のかがやきをまぶしく眺めながら通っていく。五月という季節の表出によっていろいろな思いが読者の脳裏を過ぎてゆく。句集『百戸の谿《たに》』より。

昭和24年作

梅雨さむく蝦夷《えぞ》みちのくの旅を了《お》ふ　蛇笏

「宇都宮あたりより雨はげしく降る」と前書がある。北海道・東北地方の長旅も関東に入り梅雨の走りの寒さで終わる。この作は句文集『北方《ほっぽう》羇旅《きりょ》の諷詠《ふうえい》』の最終の作で、同書には十枚の蛇笏の書いたスケッチ画が挿入されている。

昭和25年作

花《はな》珊《さん》瑚《ご》樹《じゅ》に寒々の魂《たま》しづか　龍太

前書に「五月　卅　日《さんじゅうにち》告別」とある。寒々は蛇笏門の高弟で大阪の人。珊瑚樹の葉は厚く光沢があり、どっしりとした常緑樹。枝の先端に白色小花が円錐状《えんすいじょう》に集まって咲く。何か死者の魂がこの花に宿っている感じがする。句集『山の木』より。

昭和49年作

腰縄の刀いかつくて鮑《あわび》取《とり》　蛇笏

腰に縄を巻き鮑取用の刀を差して海にもぐるのは海女である。前書に「鮑取を見る」とあり紀伊路での三十九句の中の和歌山県元の脇海岸での作。「岩礁《がんしょう》の瀬にながれもす鮑取」も同時の作で、鮑取の句が多く発表されている。句集『山響集《こだましゅう》』より。　昭和14年作

湯地獄を囲める山の明易《あけやす》き　龍太

地下から何カ所も熱湯を噴きあげている所が湯地獄。有名なのは別府温泉で地獄めぐりもあり、湧出《ゆうしゅつ》する湯の温度も一〇〇度以上のものがある。夜明けの早い山からは湯煙が立ちこめ、もう鳥の声が聞こえてくる。句集『遲速《ちそく》』より。　平成2年作

六月

六月

山駅の六月恍《こう》と雪しづく　蛇笏

北海道の長旅も終わり近く、帯広俳句会で講演を終えた帰路の車中での作。事実は五月二十二日だが、六月と雪しずくに注目したい。恍はぼんやりの意もあり、駅舎の雪が溶けているのは北海道でなくては見られない。句文集『北方羇旅《ほっぽうきりょ》の諷詠《ふうえい》』より。

昭和25年作

六月の花のさざめく水の上　龍太

前書に「NHKテレビのため明治神宮内苑菖蒲田《しょうぶた》を周遊、即興の作を求められて」とある。水の張ってある菖蒲田の花が、色とりどりに咲き風に揺れている。「花のさざめく」はそんな感じを見事に表現する。句集『麓《ふもと》の人』より。

昭和38年作

アカシヤに衷《ば》匃《しゃ》駆《か》る初夏の港《みなと》路《みち》　蛇笏

辞典で調べると衷匃《ちゅうでん》は二頭立ての馬車で高貴な人の乗り物。アカシヤの花の香りが流れる港の大路をその馬車が走っていく。いかにも旅心《りょしん》をそそる風景で、初夏でありういういしい。「衷匃」の漢字は蛇笏であってこそ。句集『春蘭《しゅんらん》』より。

昭和12年作

六月の禽《とり》嘎《かっ》と鳴く岩の上　龍太

嘎は鳥の鳴く声のさま。六月のうっそうとした青葉の谷から鳥の鳴く声が、大気を裂くように聞こえてきた。前書に「木曾末川」とあるので信州での作。嘎となくのは六月であれば時鳥《ほととぎす》か雉《きじ》の類で、強い鳴き声の鳥。句集『忘音《ぼうおん》』より。

昭和42年作

瀬をあらびやがて山のすほたるかな　蛇笏

日本アルプスの幽境白骨温泉での作。瀬は川の浅い流れであるが、谷底を荒々しく流れており、蛍の光も澄んで強い。しばらくすると、山を垂直に蛍火が舞いのぼる。「のす」の二字で蛍のすさまじさが伝わってくる。句集『山廬集《さんろしゅう》』より。

大正8年作

目開けば海目つむれば閑古鳥　龍太

小樽の俳人山谷三郎山荘での作。七・五・五のリズムで新鮮な旅の感慨を表現している。目を閉じて閑古鳥の声をうっとりと聴き、目を開けると石狩湾の紺碧《こんぺき》の海が展《ひら》ける、といった山荘主人への挨《あい》拶句《さつく》。句集『麓《ふもと》の人』より。

昭和38年作

船旅の灯にマドンナと濃紫陽花《こあじさい》　蛇笏

句集『山響集《こだましゅう》』にはマドンナが、「聖母像」と漢字で表記されていた。戦後の出版『春蘭《しゅんらん》』で「マドンナ」と推敲《すいこう》されている。客船の聖母マリア像の下、紫陽花の濃い花が電灯の明るい下にあった。この時代マドンナの斬新な言葉で作句している。

昭和12年作

満月に花アカシヤの薄みどり　龍太

凍魚句集出版記念俳句大会で札幌に行った折の作。大きなアカシヤの木は梢《こずえ》まで真っ白な花房を垂れ強い芳香を漂わす。満月の光で若葉が白い花房に映えて薄みどり色に見え、札幌の夜の情感が忍び寄ってくる。句集『忘音《ぼうおん》』より。

昭和40年作

河岸船の簾《すだれ》にいでし守宮《やもり》かな　蛇笏

河岸船に簾が垂れているので、船遊びで飲食をする場面が浮かぶ。その簾に守宮が手を広げてぴたりと張りついているのを目にしての作。守宮はトカゲに似た爬虫類《はちゅうるい》で夜に出没し、異様で気味悪さをもつ。句集『山廬集《さんろしゅう》』より。

昭和6年作

潮《うしお》見て麦刈口に水ふくむ　龍太

麦刈仕事は汗でぐっしょり濡《ぬ》れ、禾《のぎ》にさされる農作業であったが、現在は機械化されている。一面に茶褐色の麦秋の中で、腰を伸ばし彼方《かなた》の海を見ながら水を含んで喉《のど》を潤す。労働賛歌の明るさが底流にある。句集『麓《ふもと》の人』より。

昭和34年作

会釈して瓶花《へいか》隠《ごも》りの薄暑《はくしょ》かな　蛇笏

紀行文集『旅ゆく諷詠《ふうえい》』の「人温羇旅《じんおんきりょ》」の章の作。名古屋駅の改築新装のなった食堂でしばらく休憩。卓上の花瓶に挿してある花が、六月のかすかな涼しさを心地よくあらわし、たまたま椅子を立った人と会釈を交わすのは、薄暑によるもの。　昭和14年作

硝子器《がらすき》に山女《やまめ》するどき北の国　龍太

北海道にはガラス工房が多く、美しい色彩のガラス製品を目にすることができる。山女が大きなガラスの器の中で泳いでおり、その斑紋《ふもん》の美しさに釣りの感触を思い浮かべる。北国の山女が鋭きによって表されている。句集『忘音《ぼうおん》』より。　昭和40年作

胡弓《こきゅう》とる牧婦火に寄る梅雨入《ついり》かな　蛇笏

胡弓は中国の民族楽器で馬の尾を束ねて擦《こす》り音を出す。起源は未詳というが古くから日本に入っていた。牧場の女性が胡弓を手に火に寄ってくる。梅雨に入り冷え冷えとして、胡弓の音にも物悲しさがあるだろう。句集『山響集《こだましゅう》』より。

昭和12年作

波騰《あ》げてひたすら青む加賀の国　龍太

季語といったものはないが、夏の季感は十分にある作。加賀の国は現代の石川県南部で百万石といわれる米作地帯。緑の豊かな地で日本海を望む。「ひたすら青む」はまさに夏の風薫る季節で海もまた青い。句集『今昔《こんじゃく》』より。

昭和53年作

松蟬《まつぜみ》に木曾渓流は雲まとふ　蛇笏

昭和十四年六月十日午前七時三十五分発の中央線下り列車で大阪に向かう。この旅は大阪から和歌山、岐阜、名古屋と各地の俳句会に出席。その第一句目の木曾渓流での作。初夏に絶え間なく鳴く松蟬は耳鳴りに似ている。紀行文集『旅ゆく諷詠《ふうえい》』より。

昭和14年作

夏毛布身にかけて夜の淡路去る　龍太

関西合同句会に出席し神戸、大阪、淡路島、京都をまわる。淡路島を出航し、船室の夏毛布を身にまとい、窓から去っていく島の灯が燃えるようにきらめいて見える。夜の船旅は深い漂泊感をもたらすもの。句集『童眸《どうぼう》』より。

昭和30年作

高浪《たかなみ》もうつりて梅雨の掛け鏡　蛇笏

千葉県房総半島外房南端の町、白浜での旅吟。海女の潜水漁の盛んなところ。前書に「U館」とある。したがって掛け鏡は旅館にあったもの。その鏡に梅雨どきの太平洋の高波と、自分の姿があったという視点の妙。句集『白嶽《はくがく》』より。　昭和16年作

優《う》曇《どん》華《げ》に夕日さしたる京都御所　龍太

優曇華はクサカゲロウの卵。夏に草木の枝や古材などに卵をつける。京都御所の木材に優曇華が花のようにつき、折からの夕日に御所内は明るく優曇華が不思議な美しさをみせる。伝説では三千年に一度咲く想像上の花の名でもある。句集『遅速《ちそく》』より。　昭和60年作

夏至の花卉《かき》夜は汐騒《しおさい》の遠かりき　蛇笏

夏至は陽暦では六月二十一、二日ごろ。花卉は花の咲く草木のことで、宿の庭に多くの草花が咲いている。前書に「白浜にて」とあり、千葉県外房での作。夜になると潮騒も遠くなり花卉の花々がくっきりと浮かぶ。句集『白嶽《はくがく》』より。

昭和16年作

竹落葉越《こし》より北は銀の夜か　龍太

越は越の国のことで北陸道の古称。新潟、富山、石川、福井。竹の落葉は初夏、樹木が若葉になると散り始める。常緑樹が夏に落葉するのと同じ。この季節になると越の国より北の夜はいぶし銀のような輝きとなる。句集『山の影』より。

昭和59年作

仮の宿老尼《ろうに》も泊りながし吹く　蛇笏

俳句会で宿泊した和歌山県御坊の旅館で高橋淡路女から紹介された三原恵精尼が句の対象。ながしは梅雨のころ吹く南風。旅館の中庭の大蘇鉄《おおそてつ》に夕影がうすらぎかけているなかでの面会とある。紀行文集『旅ゆく諷詠《ふうえい》』より。

昭和14年作

エゾユリに黒雲風を送りゐる　龍太

蝦夷百合《えぞゆり》は北海道で咲く百合の総称であるが、なかでも透かし百合が原生花園などに多い。この句は日高本線の終点、様似での作。空の雨気を含んだ黒雲から百合に強風が吹いている景。エゾユリの片仮名遣いに注目したい。句集『山の影』より。

昭和56年作

ほたる火の風吹く藪《やぶ》をおつるとき　蛇笏

関西方面の俳句の旅は名古屋含松寺での俳句会が最後となった。この句会で発表した六句は季語が蛍と薄暑《はくしょ》のみ。その中の一句である。風が出て蛍が光芒《こうぼう》を引き竹藪の中に落ちていく景を描いている。紀行文集『旅ゆく諷詠《ふうえい》』より。　昭和14年作

ががんぼの音のなかなる信濃かな　龍太

ががんぼは種類が多く、細く長い脚をもち蚊を大きくしたような昆虫でカトンボとも。夏の夜など障子に懸命にとまろうとしてはばたく姿を見る。信濃の宿の涼しい夜に、ががんぼが障子に来て音をたてている様子が感じられる。句集『遅速《ちそく》』より。　昭和62年作

夏山や又大川にめぐりあふ　蛇笏

長野県側の乗鞍岳山麓《さんろく》にある白骨温泉へ向かう途中の作。現在では乗用車で簡単に行けるようになったが、当時は幽境の温泉地。「又」の言葉により夏山に添った道路が迂回《うかい》して、再び大川に出たことを示す。句集『山廬集《さんろしゅう》』より。　大正8年作

かたつむり甲斐も信濃も雨のなか　龍太

信濃という言葉には旅情を誘われるものがある。本格的な梅雨に入り蝸牛《かたつむり》の活動期。木の葉や幹でなくても、この季節にはどこでも目につく。陸生の貝である小さな生きものに甲斐信濃と大きな世界を配し統一している。句集『山の木』より。　昭和47年作

梅雨さむき堀江の宿の掛け鏡　蛇笏

大阪堀江の宿での作。かつての堀江の川は飲用水にしていたそうだ。宿の掛け鏡へ庭の青葉が梅雨に冷え冷えと垂れているのが映っている。長旅の疲れをふんわりと包んでくれるような情緒ある宿であろう。紀行文集『旅ゆく諷詠《ふうえい》』より。

昭和14年作

熟れ麦に声もさだめず夏つばめ　龍太

大阪の句会を終えて淡路島に向かう。麦が熟れ微風にも乾いた穂の音がたつ。その上を飛ぶ燕《つばめ》は敏捷《びんしょう》で鳴く声も定まっていない。今年生まれたもののようである。すでに飛ぶ姿から海を越えて秋には南に行く力強さが見える。句集『童眸《どうぼう》』より。

昭和30年作

梅雨の波鯛《たい》ひしめきて光りけり　蛇笏

前書に「小湊舟遊」とある。千葉県天津小湊の鯛の浦は日蓮聖人ゆかりの殺生禁断の地で、舟の端をたたくと鯛が浮上してくる。梅雨季の海に鯛が群れなす様子を、ひしめき光りと美しく神秘的に表す。句集『白獄《はくがく》』より。

昭和16年作

紫《し》蘇《そ》もんで日暮れ濃くなる鞍馬口　龍太

京都鞍馬寺は源義経の幼少期を育《はぐく》んだ場所である。柴漬《しばづけ》の準備であろうか、紫蘇をもんでいる清楚《せいそ》な香りが漂ってくる。手を赤紫色に染めて働く女性に日暮れが濃くなり、鞍馬口に万感の思いがこもる。句集『涼夜《りょうや》』より。

昭和51年作

空梅雨の灯にはゞまる丶夜の翳《かげ》　蛇笏

京都駅で乗り換えて大阪に向かう。空梅雨と思えるほど雨が降らない中を疾走《しっそう》する電車。ネオンの光や灯光が明るく、夜の暗さはその灯に阻まれる感じがする。それも、旅の夜がなせるものであろうか。紀行文集『旅ゆく諷詠《ふうえい》』より。

昭和14年作

すずめらに碧《あお》波《なみ》しぶき茄子《なす》畑《ばたけ》　龍太

上高地キャンプ場梓川畔での作。この時代の若者は上高地のキャンプで青春の情感を満喫した。私も戦後間のないころここでキャンプをした思い出がある。梓川の川波は冷たい飛沫《しぶき》をあげ、茄子畑にいる雀《すずめ》にも届く。句集『百戸の谿《たに》』より。

昭和28年作

明け易き波間に船の仮泊かな　蛇笏

前書に「横浜高台の舎弟が新居を訪ねて」とある。船の停泊を眺望できる高台に新居を構えたのは実弟の清水原濤である。夜明けが早く目覚めると、眼下の港外に船がとまっている。「仮泊」の言葉がすがすがしい。句集『山響集《こだましゅう》』より。

昭和13年作

涼《りょう》風《ふう》に薬をさがす旅《たび》鞄《かばん》　龍太

他県の俳句大会に出席することが多く、常備薬は常に忘れないようにしている。旅館の窓を開けると涼しい夜風が頬《ほお》をかすめ、食後の薬を飲むことを思い出し旅鞄のなかをさがす。そんな情景を自由に描いて鑑賞する。句集『忘音《ぼうおん》』より。

昭和40年作

人《じん》温《おん》にゆらる丶初夏の旅こ丶ろ　蛇笏

京都駅には大阪、神戸の雲母支社の人たちが出迎えており、乗り換えのお世話をする。途中の名古屋、岐阜でも俳人の心温まる対応に感激。こうした旅での人との触れ合いで、人温という言葉が蛇笏造語として生まれた。紀行文集『旅ゆく諷詠《ふうえい》』より。　昭和14年作

つかず離れず倉橋夫妻丹生《にう》の花　龍太

前書に「神戸六甲山下よりはるばる参加せられし」とある。北海道様似俳句大会に倉橋弘躬、美智子夫妻が出席。その挨拶《あいさつ》句《く》。丹生の花に夫妻をたとえた。エゾニウはいつまで眺めていてもあきることがない花といわれる。句集『山の影』より。　昭和56年作

死ぬばかり熟睡したる白蚊帳《しろかちょう》　蛇笏

長良川の鵜飼《うかい》が終わった後に、十名ほどの俳人と山海の珍味を味わい就寝したのが夜明けに近い。多くの俳人に接した疲れと、連夜の寝不足でまさに死ぬばかりの熟睡。それを白蚊帳《しろがや》の涼しさが打ち消す。紀行文集『旅ゆく諷詠《ふうえい》』より。

昭和14年作

帆柱に大き蛾《が》を見て旅愁かな　龍太

どこの海上でも港の景でもよいが、帆柱の蛾を見ているのだから、その船に乗っていてのこと。マストがあるのでそんなに大きな船でもあるまい。大蛾に旅愁を感じたのは怪奇による不安からであろう。句集『遅速《ちそく》』より。

平成2年作

汗冷えつ笠《かさ》紐《ひも》ひたる泉かな　蛇笏

「大正八年六月二十六日家郷《かきょう》を発して日本アルプスの幽境白骨山中の温泉に向ふ。途中三句」とある二句目の作。手の切れるような冷たい泉で喉《のど》を潤す。両手で泉を飲むとき笠の紐が水に浸り、汗はたちまちに引く。句集『山廬集《さんろしゅう》』より。　大正8年作

白波とエゾハルゼミを夜明けより　龍太

千歳空港から日高海岸様似までは自動車で四時間近くかかる。宿舎から外に出ると、まだ薄暗い夜明けの森にエゾ春蟬《はるぜみ》が一斉に鳴き出している。昆布漁解禁を前にした太平洋の白波が森の奥に広がる、気持ちのいい夜明け。句集『山の影』より。　昭和56年作

七月

傘さして梅雨にしたたしき芭蕉塚　蛇笏

近江の義仲寺《ぎちゅうじ》にある芭蕉の墓に詣《もう》でての作。傘をさし芭蕉の墓にぬかずくと、降りしきる梅雨にさえ深い感動がわいてくる。さらりと表現しているが、よくかみ締めると「梅雨にしたたしき」にポイントがある。句集『雪峡《せっきょう》』より。

昭和26年作

湧《わ》きたちて羽蟻《はあり》まぎるる相模灘　龍太

相模灘は伊豆半島と房総半島の間の海をさす。正面の彼方《かなた》に伊豆大島が見える。その広大な太平洋を背景にして、いま羽蟻が湧き立つように飛んで相模灘に消えていく。羽蟻は群れて飛び交尾し雄蟻は死んでいくという。句集『今昔《こんじゃく》』より。

昭和53年作

みじか夜の夢をまだ追ふ浪《なみ》まくら　蛇笏

神戸大阪方面には「雲母」の俳人も多かったので夢のなかにあのとき、あの折の旅のことがよみがえる。前書に「瀬戸内海の思ひ出」とある。浪まくらは船上に眠ること。ふと目覚めると船に揺られて夢の続きを追っている。句集『家郷《かきょう》の霧』より。

昭和28年作

遠くまで諸《もろ》葉《は》のそよぐ夏景色　龍太

前書に「七月一日細田医院開業」とある。大阪茨木市に医院を開業する細田壽郎氏への挨拶句《あいさつく》。青々と輝きを放ち木々の葉は涼風《りょうふう》にかすかに揺れている。この青葉の力強い輝きは遠方の茨木市にまでおよぶと。句集『山の木』より。

昭和49年作

すゞしさや波止場の月に旅衣　蛇笏

波止場は港で、海中に細長くつき出し船を横着けにして人が乗り降りしたり荷物の積みおろしをする船着場である。海風が涼しく感じられるのは夜間であるからだろう。旅の衣服を月光のなかで改めているのであろうか。句集『山廬集《さんろしゅう》』より。　明治44年作

半夏生《はんげしょう》眠りつすぎし沖のいろ　龍太

半夏生は七月二日ごろ。烏柄杓《からすびしゃく》の草の生える時季。田植えが終わり梅雨の後半の激しい雨のとき。北海道様似の帰りの日高海岸を左手にしての作。梅雨のない様似町はこれから九月下旬まで昆布収穫期。句集『山の影』より。　昭和56年作

梅雨のまのひととき映ゆる金華山　蛇笏

前書に「岐阜長良」とあるのは、金華山が宮城県牡鹿半島にもあるからで、この句は岐阜市にある山。山頂に岐阜城址《じょうし》があり北側を長良川が流れる。梅雨の間の短い時間だが、金華山の青葉が日の光に照り輝いた景。句集『山響集《こだましゅう》』より。

昭和14年作

つばくろの甘語《かんご》十字に雲の信濃　龍太

創作力旺盛期《おうせいき》の志賀高原での作。つばめが大空を縦横無尽《じゅうおうむじん》に飛び回り鳴いているのを「甘語十字」と表現し、巣立った若々しい生態を表す。信濃は雲も涼しく、翌年総合俳誌に「雲の信濃」二十五句を発表している。句集『百戸の谿《たに》』より。

昭和28年作

川瀬ゆるく浪《なみ》をおくるや青《あお》嵐《あらし》　蛇笏

「信濃山中梓川」の前書がある。上高地に近い白骨温泉に行く途中での作。川の瀬波がゆるやかに岸に寄せ、あたりは青葉が暗いばかりに茂る。その中をやや強い南風が吹き過ぎる。秘境白骨温泉への雄大な自然に目がくらむ。句集『山廬《さんろしゅう》集』より。　大正8年作

夏川のみどりはしりて林檎《りんご》の国　龍太

信州リンゴの産地須坂・中野を流れる千曲川は、リンゴ園の緑を映して流れている。「志賀高原行」十七句のなかの作で、林檎の国の印象を強くする長野平辺りの景。高原の涼気《りょうき》へ向かう楽しさが満ちあふれる。句集『百戸の谿《たに》』より。　昭和28年作

雨あしの広場にしぶきユッカ咲く　蛇笏

千葉県外房での作。ユッカは南米原産の糸蘭類《いとらんるい》のことで夏に白色の大きな花を剣状に咲かせ、葉の先は鋭い針を持つ。公園や洋風庭園に見られ、この句のユッカも広場の雨の降りしぶくなかで咲いている。句集『心像《しんぞう》』より。　昭和17年作

十《と》重《え》二《は》十《た》重《え》なるまみどりに死木の声　龍太

北海道雲母の会で、勝俣ひとし氏の車にて千歳から会場に向かう途中での作。左右が昼でも薄暗い原始林の中の道を走った。まさに幾重《いくえ》なる緑の闇《やみ》の中。方々《ほうぼう》にトドマツの死木が、真っ白くさらされたように立っていた。句集『山の木』より。　昭和49年作

魚籃《びく》かつぐ天津《あまつ》の乙女梅雨げしき　蛇笏

太平洋の波濤《はとう》を相手に元気よく働く若い女性。魚籃《ぎょらん》は魚を入れる竹かごで、それを担いでいく日焼けした千葉県天津の乙女。何か天上に住む天《あま》つ少女《おとめ》を思い描きたくなる。梅雨を浴び闊《かっ》歩《ぽ》する若さに健康美があふれる。句集『白嶽《はくがく》』より。

昭和16年作

こころいま世になきごとく涼みゐる　龍太

この涼しさは遥《はる》かな旅で味わっているように思える。体の隅々まで涼しさが染み入って忘我《ぼうが》の境地。心がこの涼しさに溶けてしまい茫然自失《ぼうぜんじしつ》の状態である。それだけに暑さの激しさがあってのさわやかな涼しさ。句集『遲速《ちそく》』より。

昭和60年作

大《おお》濤《なみ》に灯をさしかざす夜《や》涼《りょう》かな　蛇笏

静岡県鈴川へ樋泉汀波らと章魚《たこ》釣《つ》りに行ったときの作。真っ暗な砂浜を懐中電灯で照らして歩き、その折に作句したものである。紀行文集『旅ゆく諷詠《ふうえい》』にあり、そのときの紀行文と対比すると、この句の素晴らしさをさらに実感できる。

昭和6年作

魚賢くてべうべうと夏の海　龍太

海釣りの感懐である。釣り竿《ざお》を振っても魚の方が利口でなかなか釣れない。ままよと広く果てしない夏の海原を眺めていると気持ちが落ち着いてくる。そんな感じの作。「べうべう」は漢字では渺々《びょうびょう》。魚賢くの把握が面白い。句集『忘音《ぼうおん》』より。

昭和42年作

燈《とう》台《だい》に薄明の潮梅雨の暁《あけ》　蛇笏

千葉県白浜の灯台。薄明は日の出前や日の入り後の空のぼんやりとした明るさ。この句では梅雨どきの夜明けの空をさしている。灯台のある断崖《だんがい》に波が打ちつけて飛沫《しぶき》をあげ、灯台の灯は梅雨の薄明の中を回っている。句集『白嶽《はくがく》』より。

昭和16年作

コックらに陸はラムネの音ひびく　龍太

出航する前のコックたちが甲板で陸を見ている。和歌山県深日《ふけ》から淡路島洲本に向かうフェリーでの景。ラムネの栓を押してガラス玉を下げると大きな音が勢いよくひびく。この時代の懐かしい涼《りょう》気《き》を呼ぶ音である。句集『童眸《どうぼう》』より。

昭和30年作

梅天《ばいてん》やもちおもりたる海の幸　蛇笏

清水港から漁師のあやつる櫂《かい》の小舟で海釣りに出た折の作。梅天は梅雨時の曇り空のこと。この海釣りでは鮃《ひらめ》・鱚《きす》・鰶《このしろ》などがよく釣れた。霧のような日照り雨が降っており、こんな日はよく釣れるそうだ。紀行文集『旅ゆく諷詠《ふうえい》』より。

昭和6年作

夏寒し水に首出す苗の丈　龍太

北海道旭川での作。水稲栽培の北限は旭川付近であろう。大気が寒いので七月でも暖炉を焚《た》くような日。植田に水を満々と入れて稲を寒さから守る。水の上にぴょこんと青い葉先が風に揺れているのを「首出す」と表現。句集『山の影』より。

昭和58年作

夏衿《なつえり》をくつろぐるとき守宮《やもり》鳴く　蛇笏

ヤモリは家を守り、イモリは井戸を守るといわれる。ガラス戸や板壁にも張りつき夏の夜に虫を食べる。大阪婦人句会に招かれお茶屋旗亭の客となった折の作。夏衣《なつぎぬ》の衿をゆるめ話のはずんだとき守宮の声をきいた。句集『山響集《こだましゅう》』より。

昭和14年作

山の娘《こ》の交語みどりを滴らす　龍太

交語は言葉を交わすこと。志賀高原に行く車中で多くの女学生と乗り合わせる。少女たちの甲高いおしゃべりの声が、鳥の囀《さえず》りのように車中にひびく。若い生命力が信濃の緑を滴らせるかのような新鮮さを感じた。句集『百戸の谿《たに》』より。

昭和28年作

睡《すい》蓮《れん》に日影とて見ぬ尼一人　蛇笏

前書に「上林広業寺」とあるので、志賀高原への入り口の上林温泉での作。睡蓮の花に見入っている一人の尼僧《にそう》。水の上に咲く清楚《せいそ》な睡蓮に日の影はなく、太陽がさんさんと照る。尼の存在が睡蓮の花を美しくする。句集『山廬集《さんろしゅう》』より。

大正14年作

一《いっ》行《こう》のひとりは病後蕗《ふき》の雨　龍太

北海道定山渓で雲母全国大会が開催され編集部から直人・雅人・友人・甲子雄がそろって出席した。そのなかの直人氏が数日前まで臥《ふ》せていての出席。北辺の大きな蕗の葉に降る雨を見て病後を気遣う。句集『涼夜《りょうや》』より。

昭和52年作

月光のしたたりかかる鵜《う》籠《かご》かな　　蛇笏

この句は『山響集《こだましゅう》』と『春蘭《しゅんらん》』の両句集に収められている。月の光がしたたるように感じられるのは満月の前後。それに対象が鵜籠であるから、鵜飼が終わって川から上がったばかりの濡《ぬ》れた鵜が入っているのであろう。

昭和13年作

緑蔭《りょくいん》に冬旅すすめられてゐる　　龍太

北海道定山渓俳句大会の折の作。涼しい夏より冬の厳しい北海道の風景を一度見てほしいと、俳人の一人にすすめられている。それも緑の若葉がきらめく木陰である。会話の一節が俳句になることを教えられる。句集『涼夜《りょうや》』より。

昭和52年作

蜑《あま》さむく不《し》漁《け》し炎暑の煙《けむ》上ぐる　蛇笏

この年は旅吟が多く、「上高地と白骨」七十句、「長良と紀の海」八十四句が発表されている。南紀元の脇海岸で鮑《あわび》を取る海女を対象にした作。陸は炎暑であるが海中は冷たく不漁。海女たちは火を焚《た》き暖をとる。句集『山響集《こだましゅう》』より。

昭和14年作

女らの肌《はだえ》みのりて山の出湯《でゆ》　龍太

句集『百戸の谿《たに》』所収「志賀高原行」十七句のなかの一句。肌のみのりとは見事な表現で、発哺温泉天狗の湯での光景。その時の女性のぴちぴちした肌から年齢も推察できる。しかも一人ではなく数人であるから楽しい会話の弾みが感じられる。

昭和28年作

河童《かわどう》に梅天《ばいてん》の亡《ぼう》龍之介　蛇笏

芥川龍之介は昭和二年七月二十四日が忌日。河童忌《かっぱき》・餓鬼忌《がきき》などという。「河童供養」十句のなかの作。暦の上では梅雨明けはとうに過ぎているが、今年は河童忌になっても梅雨の空。その方が龍之介の忌日には似合うか。句集『霊芝《れいし》』より。

昭和9年作

道の児《こ》も鳰《にお》も西日の倭文村《しとりむら》　龍太

真夏の夕日は暑さの衰えぬ厳しさがあり、西日という夏の季語を生む。前書に「大阪支社の人々と別れて畦雪居に向ふ」とある。淡路島の中谷畦雪氏を訪ねての作。倭文村はその住所。俳句になじむ地名である。句集『童眸《どうぼう》』より。

昭和30年作

土用《どよう》瀾《なみ》釣る黒鯛《ちぬ》すきてみえにけり　　蛇笏

土用波は夏の土用のころ主に太平洋岸に押しよせる大波をさす。「瀾」は大きなうねりのある波の意をもつ。黒鯛《くろだい》釣りは磯《いそ》や防波堤などで多く見かけられ、大波の打ち寄せる間に黒鯛のきらめきが鮮明に透いて見えた。句集『心像《しんぞう》』より。　　昭和17年作

楡《にれ》の町水無月望の夜を迎へ　　龍太

水無月は陰暦六月のことで陽暦七月ごろとなる。望は満月のこと。水無月望は七月二十四日あたりである。札幌での作であるから水無月の満月は澄んで大きく美しい。そんな月が楡の並木の上に輝く夜の涼しさを迎えた。句集『今昔《こんじゃく》』より。　　昭和54年作

驟《しゅう》雨《う》やむ屋形にはやき琵琶《びわ》の浪《なみ》　蛇笏

前書に「近江の旅」とある。驟雨は夏の季語で盛夏のにわか雨のこと。夕立のようなもの。屋形は屋形船の略と解し、琵琶の波は湖の波で鑑賞するとよい。にわか雨が過ぎると屋形船に波が打ち寄せ涼気《りょうき》が一段と増す。句集『雪峡《せっきょう》』より。

昭和26年作

涼しくてときに羆《ひぐま》の話など　龍太

北海道定山渓での俳句大会のときの作。本州は盛夏の大暑であるが、北海道は涼しさが肌をいたわってくれる。世間話などの雑談のなかで羆が話題にのぼる。年々人里近くまで出没するようになったことなど。句集『涼夜《りょうや》』より。

昭和52年作

なつまけの足《あし》爪《つめ》かゝる敷《しき》布《ふ》かな　蛇笏

夏負けは暑さで食欲がなくなりやせること。夏やせと同じ。爪を切る気力も衰えて敷布に足の爪を引っ掛ける。誰もが経験しているが俳句にはならない。それを「なつまけ」と平仮名表記をして気だるさを見事に表す。句集『山《さん》廬《ろ》集《しゅう》』より。

昭和6年作

川上に一《いっ》燦《さん》の過去竹煮草　龍太

旅吟という印象はないのだが、何か読後に遥《はる》かな感慨へ引きずり込まれる。この川の上流には少年時代のきらめくような一つの思い出がある。竹煮草は山道に見かけ外国の植物のような感じ。七月ごろ乾いた花をつける。句集『麓《ふもと》の人』より。

昭和36年作

瓜《うり》つけし馬も小諸の城下かな　蛇笏

瓜はマククウリ・カボチャ・スイカなどの同じウリ科のものの総称。小諸は島崎藤村ゆかりの旧城下町でもあり、その地で馬につけられた瓜類に驚きの目を向ける。藤村長編小説「家」はこの句の年に出版された。句集『山廬集《さんろしゅう》』より。

明治44年作

炎天の力のほかに美《び》醜《しゅう》なし　龍太

北アルプス燕岳山麓《つばめだけさんろく》にある中房温泉での作。炎天の暑さのなかに屹立《きつりつ》する北アルプスの峰々を麓《ふもと》から眺めた感慨である。確固と夏空にそびえる峰は、力感以外の山容など美醜の対象とならない厳しさであると。句集『百戸の谿《たに》』より。

昭和28年作

晒《さらし》引く人涼しさを言ひ合へり　蛇笏

早稲田大学吟社で活躍していた二十二歳のときの作。日にあてて干した布を手元に引き寄せる作業か、白くさらした布地を川で何人かで洗っている場面かもしれない。互いに今日は涼しいと言いあっている。句集『山廬集《さんろしゅう》』より。

明治40年作

炎天の幼な地を掃く森の町　龍太

「幼な」は幼児のことで、自分の背丈より長い竹ぼうきなどを使い庭や道を掃いている風景が浮かぶ。「信州飯田」の前書があるので、緑濃い林檎園《りんごえん》や山際の森が見えてくる中での幼子《おさなご》の清掃がほほえましい。句集『忘音《ぼうおん》』より。

昭和41年作

旅愁あり浴房《バス》にたゞよふ夏日翳《なつひかげ》　蛇笏

浴房にバスとルビがあるので洋式の風呂ということになる。作句年代を考えると高級ホテルなどの浴室ではあるまいか。夏の日がおおいかぶさる浴房の中で、木の香りのする風呂場が懐かしく旅愁を感じる。句集『山響集《こだましゅう》』より。

昭和15年作

夏月に一星そひて嶺《みね》に果つ　龍太

信濃での作。北アルプスの峰に夏の月が傾いている暁《あかつき》の空。その月に寄り添って星が一つきらめいている。一人で眺める夜明けの宇宙の静寂さが、月と星の位置により読者の心にすがすがしい大自然の美しさを残す。句集『童眸《どうぼう》』より。

昭和29年作

八月

金華山大瀬を闇《やみ》に夜の秋　蛇笏

まだ立秋前の晩夏であるが、夜更けには秋の気配が忍び寄る。それが夜の秋で夏の季語。岐阜県長良川での鵜飼《うかい》の果てた後の景。大瀬は水流の急な場所。闇のなかに川の流れる音がきこえ、水に秋めく涼気《りょうき》が漂う。句集『山響集《こだましゅう》』より。

昭和14年作

八月や馬首かがやきて陽《ひ》が睡《ねむ》る　龍太

「那須高原五句」の前書がある。栃木県北部に広がる高原で夏の涼しさは格別な避暑地。「朝の風放馬腹下の青山河」の句も同時に発表されているので牧場での作。陽の光に睡りを感じたのは朝の景であるからとみたい。句集『童眸《どうぼう》』より。

昭和30年作

夏旅や温泉山《ゆやま》出てきく日雷　蛇笏

長野県戸隠方面の旅吟。処女句集『山廬集《さんろしゅう》』では中七が「温泉山出《い》でゝきく」だったが、『霊芝《れいし》』では「温泉山出てきく」と推敲《すいこう》されている。日のさしている雷雲から鳴りひびくのが日雷。温泉の山はたちまち黒雲に覆われる。

大正14年作

楢《なら》は貧しき木《こ》の下《した》蔭《かげ》の風《ふ》呂《ろ》煙《けむ》り　龍太

前書に「八ケ岳山麓《さんろく》」とある。晩夏の木々の青葉を眺めたとき、楢の葉は色も茂りも貧相な感じがした。その楢林から風呂の煙がもくもくと立っている。楢に貧しさを見たのは、木陰が少なかったためだろう。句集『忘音《ぼうおん》』より。

昭和41年作

夏山や風雨に越える身一つ　蛇笏

夏の山中で風に吹きつけられる急雨にあっての作。「夏山や」の詠嘆にはくっきりと奥山の容姿が見えるように感じられる。今からあの山へ行くために、この風雨をわが身一つで越える、という悲壮感さえ漂う。句集『山廬集《さんろしゅう》』より。

大正14年作

嶺《みね》爽《さわや》か湯の全裸さへ遠目には　龍太

那須高原での作。八月に入れば朝夕は、高原特有のさわやかさが辺りに流れはじめる。露天風呂での全裸の肌の輝きにも、秋めいてきた峰のさわやかさと同じものが、遠くから眺めている目に焼き付いた。句集『童眸《どうぼう》』より。

昭和30年作

嶽《たけ》離る夏雲みれば旅ごころ　　蛇笏

この年の作として「上高地と白骨」七十句を句集『山響集《こだましゅう》』に収めているが、掲頭の作は同年に収録されている「高原盛夏」十二句のなかの作。甲斐の峰にわいては移っていく雲を見て、再び信濃の涼しい高原の旅に出たい感情が高ぶる。

昭和14年作

灯の下の波がひらりと夜の秋　　龍太

紀州友ケ島へ雲母大阪支社の諸友と遊んだ折の作。夜の秋は立秋前の晩夏の夜の涼しさをいう夏の季語。友ケ島は淡路島と和歌山県加太の紀淡海峡にある小さな四つの島。家の灯が更け波がひらりと寄せて涼しさを深める。句集『童眸《どうぼう》』より。

昭和29年作

燈《とう》台《だい》の娘《こ》は花園に土《ど》用《よう》浪《なみ》　蛇笏

「房州白浜にて」の前書あり。房総半島先端の白浜灯台での作。灯台守の家の娘が、近くの花園に花を摘んでいる。その後ろには太平洋の高波が押し寄せて断崖《だんがい》を激しく打ち大きなしぶきをあげている。句集『春蘭《しゅんらん》』より。

昭和17年作

病誓子いかに青《あお》嶺《ね》の雲暑し　龍太

山口誓子の病状は回復期に向かっていた年である。もう長い病にある誓子はいかにしているだろうと。「六甲山下を過ぐ」の前書がある。六甲山は神戸市北部にそびえる峰。その山は青々と茂り夏雲が暑く輝いていた。句集『童眸《どうぼう》』より。

昭和29年作

金華山軽雷北に鵜《う》飼《かい》畢《お》ふ　蛇笏

この年は目をみはるような旅吟を発表している。掲句は「人温籟《じんおんき》旅《りょ》」で大阪・和歌山・岐阜・名古屋と巡り句集『山響集《こだましゅう》』に「長良と紀の海」八十四句を収めた中の一句。長良川を見下ろす金華山に北から軽い雷鳴が起こると鵜飼は終わった。

昭和14年作

ゆく夏の高速船尾少女群れ　龍太

暑かった夏は終わりに近くなり、高速船の船尾には少女たちが嬌《きょう》声《せい》をあげ海風を浴び、残り少なくなった夏休みを思う存分に楽しんでいる。「ゆく夏」の季節感で船尾の女学生が旅情に浸って鮮やかな晩夏の存在感を示す。句集『今昔《こんじゃく》』より。

昭和55年作

なつかしや秋立つ旅の袖《そで》のちり　蛇笏

霞外・呉龍を同行して大井川近くの河骨吟社の俳句大会に出発した折の作。懐かしいという感慨には、この年の五月に呉龍と駿河への旅があり、秋に入っての旅衣にわずかな袖のちりが目につき懐かしさを感じる。紀行文集『旅ゆく諷詠《ふうえい》』より。

昭和3年作

秋の旅住む地を求めゆくごとく　龍太

大阪支社の諸友と紀州友ケ島に遊んだ折の作。五味洒蝶と関西雲母俳句会が姫路城で開催され出席。その後津山・神戸・大阪・京都と句会を回ったので、まさにこの旅での思いは住む地を探しているようであった。句集『童眸《どうぼう》』より。

昭和29年作

大《おお》濤《なみ》のとゞろと星の契りかな　蛇笏

前書に「旅泊住吉海浜の一夜」とある。住吉は大井川河口近くで駿河湾に面した地。太平洋の大濤のとどろく上にかかる天の川。牽《けん》牛《ぎゅう》・織《しょく》女《じょ》の星が年に一度の逢《おう》瀬《せ》の伝説を踏まえて、七夕の夜は美しく更けていく。紀行文集『旅ゆく諷《ふう》詠《えい》』より。

昭和3年作

七夕の夜《よ》汐《しお》しぶける浜《はま》祠《ぼこら》　龍太

浜辺の近くにある神をまつった小さな社《やしろ》が浜祠である。七夕の夜の大波のしぶきが浜祠まで飛んでくるのは、断《だん》崖《がい》が近くにあるからではなかろうか。七夕の夜のしぶきによって、星座の輝きが一段と強くなる。句集『今《こん》昔《じゃく》』より。

昭和53年作

和歌の浦あら南風《ばえ》鳶《とび》を雲にせり　蛇笏

和歌の浦は和歌山市南部の湾岸地帯をさし風光明媚《ふうこうめいび》な観光地。古くから歌枕の地でもある。海からの荒い南風が吹いており、鳶が雲の中へ消えていく。和歌の浦に吹く南風の大景の中で一羽の鳶が存在感を示す。句集『春蘭《しゅんらん》』より。

昭和14年作

すでに爽《さわや》か手の山草の音たてて　龍太

新潟県妙高山麓《さんろく》での作。妙高山は標高二、四四六メートルあり山麓はスキー場や温泉が多い。秋の早い高原であり八月であるのに大気は仲秋の爽やかさに満ちていた。手折った山の草々も乾いた音をたて深む秋の気配を漂わせる。句集『童眸《どうぼう》』より。

昭和29年作

秋口の粥《かゆ》鍋《なべ》しづむ梓川　蛇笏

「上高地行」とあるので、この梓川の場所が確定する。河童橋《かっぱばし》の周辺であろう。流れる水は秋口となり澄みきって、粥用の土鍋が川の岸辺に沈んでいる。水は冷たく手の切れるような感じである。句集『霊芝《れいし》』より。

昭和10年作

鎌倉をぬけて海ある初秋かな　龍太

鎌倉は周囲に丘陵がある神社仏閣の古都。だが街は観光客であふれている。それを一歩抜けると湘南の相模湾が広がる。海からの風は秋めき、雲の形も秋のもの。何より日差しのやわらぎが初秋である。句集『山の影』より。

昭和59年作

やまぎりに濡《ぬ》れて踊るや音頭取　蛇笏

「信州なにがしの郷《さと》を過ぎて」と前書がある。霧の流れる山里の盆踊りの光景であるが、霧にぬれてひたむきに踊る夜更けの寂しさがわいてくる。山霧を平仮名で表し、音頭を取って歌う人の声もしっとりする。句集『霊芝《れいし》』より。　大正8年作

ひとの声うしほに浸り秋はじめ　龍太

「うしほ」は潮《うしお》のことで海水をさす。秋はじめという見えない季節感を見える景として表現した作。人の声が海のなかに入っていくような感じが「秋はじめ」という季語にあるのではないかと。海の人声にそんな印象をうける。句集『春の道』より。　昭和45年作

鵜《う》の嶋《しま》に流《りゅう》燈《とう》こぞる夜の雨　蛇笏

河口湖上祭での作だが灯籠流《とうろうなが》しの光景に旅心《りょしん》を感じる。河口湖のうの島をめがけ流灯がそろって夜のとばりのなかに進んでいく。折からの雨に闇《やみ》はいよいよ深くなり、流灯の明かりが神秘的な美しさを漂わせる。句集『春蘭《しゅんらん》』より。　昭和17年作

氷塊をさげて巨船の影をゆく　龍太

夏の季語は入っていないがこの句を冬季の作と感じる人はなかろう。氷塊は夏のかき氷の削る前の塊を連想させ、巨船の影からは夏の片かげりが浮かんでくる。夏の港に大型船が入っており、その日陰を氷を提げた人が行く。句集『山の木』より。　昭和48年作

比良よぎる旅をつづけて盆の東風《こち》　蛇笏

この年雲母五百号記念大会に大阪・神戸を訪れているが、盆の季節ではないからかつて琵琶湖岸を過ぎたとき見た比良山系。土着俳人蛇笏といわれていたが、晩年の胸中には旅への思いを深めている作が目につく。句集『椿花集《ちんかしゅう》』より。

昭和35年作

海なんとなく親しくて初秋かな　龍太

句集『遅速《ちそく》』に収められている作。この句集には自然の中にとっぷりと溶けて作句し、作者が自らの姿を消して、自然になりきったように思える句をしばしば見る。この作もその一つ。初秋の親しさのなかにある海に、作者の魂は溶けている。

昭和63年作

秋旅や日雨《ひさめ》にぬれし檜笠《ひのきがさ》　蛇笏

檜笠は檜材を薄く削って編んだ笠で晴雨ともに使用する。檜丸太の生産地で多く製造され、長野県木曾地方が有名な檜笠の産地。日の照るなかの雨に檜笠から雫《しずく》が落ち、一日一日秋の気配を濃くする旅での一コマ。句集『山廬集《さんろしゅう》』より。

大正13年作

秋潮に青深くたつ島一個　龍太

海の波もいよいよ澄んで干満の差が激しくなるのが秋潮である。紀州友ケ島での作。周囲は海であるから潮の様子を身をもって感じることができる。青さを深くしすがすがしさを一段と増した秋の波が一個の島に押し寄せる。句集『童眸《どうぼう》』より。

昭和29年作

南無《なむ》鵜《う》川《かわ》盆《ぼん》花《ばな》ながれかはしけり　蛇笏

長良川鵜飼での作。盆というのに鵜は鮎《あゆ》をとり、人はそれを楽しむ。そこに南無という祈りの言葉が生まれる。流れに乗った盆の供華は上手に瀬をかわし下流の闇《やみ》へと消えていく。対象を見る目の確かさがある。句集『山響集《こだましゅう》』より。

昭和14年作

八月も果ての没日《いりひ》の遍路道　龍太

遍路は弘法大師ゆかりの四国八十八カ所の寺を参詣《さんけい》して回ることで、俳句では春の季語となっている。この句は八月も終わりに近い秋遍路。落日も少し早くなり、秋の日が遍路のいつも通る道を照らしている。句集『今昔《こんじゃく》』より。

昭和55年作

ゆく雲や燈《とう》台《だい》守《もり》の蝲《かや》の秋　蛇笏

灯台の管理をする人が灯台守。秋の暑さで灯台管理人の部屋には蚊帳が吊《つ》られたままになっている。空を移動していく雲の白さは残暑だがさわやか。大正期の作であることを考えながら灯台守の生活を思ってみるとよい。句集『山廬集《さんろしゅう》』より。

大正12年作

浴衣着て竹屋に竹の青さ見ゆ　龍太

八月の暑さがなかなか衰えをみせない夕暮れどき、宿から出て街なかを散歩していると竹屋の前に出た。周りには真っ青な竹が積まれており、室内では竹を編んでいる人が見える。勝手気ままにそんな情景を描いてみた。句集『麓《ふもと》の人』より。

昭和34年作

秋暑し人を海辺に葬《とぶら》ひて　蛇笏

秋といっても八月の日の強さにはきびしいものがあり、残暑の感慨をもたらす。しかも、海辺の墓場に死者を埋めている葬《とむら》いに立ち会う人に、秋暑は容赦なく照りつける。山の俳人が海の葬いに目をこらす。句集『家郷《かきょう》の霧』より。

昭和30年作

鉄橋下葉月の夜潮流れゐる　龍太

葉月は陰暦八月の異称。東海道線には河口や海にかけられた鉄橋が幾つとなくある。この句は海の上を走る鉄橋。秋に入った涼しさが夜になるとことさらに感じられる。満潮の海の流れが鉄橋下にもおよぶ。句集『遅速《ちそく》』より。

昭和62年作

温泉《でゆ》ちかく霽《は》れ間の樺《かば》に秋の蟬《せみ》　蛇笏

前書に「信州白骨行」とある。大正八年の夏の白骨温泉に逗留《とうりゅう》して以来、何回かこの地を訪れ句を残している。「霽れ」の字は雨があがったり、雲や霧が消えた場合の用法。旅館近くの渓谷の樺の木に秋蟬《しゅうせん》が激しく鳴き出した。句集『山響集《こだましゅう》』より。

昭和11年作

八月の水ゆたかなる古城の地　龍太

台風などの大雨で城堀の水は豊かに満ちている。蛇笏遺句集『椿花集《ちんかしゅう》』の出版がなされた年の作である。小諸のような古城の地に立つと、堀だけでなくその地方全体に水は行き届いていた。八月の微妙な季節感がある。句集『忘音《ぼうおん》』より。

昭和41年作

寒《かん》蟬《ぜみ》もなきて温泉《ゆ》山《やま》の大月夜　蛇笏

寒蟬は秋になり鳴く蜩《ひぐらし》や法師蟬のことで、「かんせん」とも読む。秋に入って月も澄んで大きく美しくなる。そんな月が温泉場の上の山から出る。と同時に秋蟬《しゅうせん》が激しく鳴く。大月夜の「大」は蛇笏ならではの表現。句集『心像《しんぞう》』より。

昭和17年作

真帆白帆みるみる秋に従へり　龍太

葉山での作。御用邸もあり風光明媚《ふうこうめいび》な海岸。ヨットやウインドサーフィンが縦横に走る海。真帆は正面に帆を向け追い風で走る。白帆は船に張った白い帆。どちらも秋の紺碧《こんぺき》の空に海に従うように走っている。句集『遅速《ちそく》』より。

平成元年作

夜は夜の白雲䨮《ひ》きて秋の嶽《たけ》　蛇笏

長野県上高地での作であるから、この秋の嶽は穂高岳を中心とした北アルプスの一群の山々。月の光により夜の穂高岳山頂を真っ白な雲が湧《わ》き覆う様子が見える。雲の白さが夜には殊更美しく、迫る秋気が感じられる。句集『山響集《こだましゅう》』より。

昭和14年作

尼さまの圓《えん》座《ざ》をよぎる山の蟻《あり》　龍太

不思議な光景である。多くの尼僧《にそう》が寄り合って丸い輪となり座る。名刹《めいさつ》の尼寺。円座にくつろぎが感じられる。そこを大きな山の蟻がかすめるように過ぎて行く。荒々しい山蟻と尼僧の円座に一つの即興感が生まれる。句集『遅速《ちそく》』より。

平成2年作

手にとりて深山《みやま》の秋の玉ほたる　蛇笏

白骨温泉での作。秋の蛍は夏に羽化《うか》が遅れ、初秋になってわびしげな光をともすヘイケボタルを指すのだそうだ。手のひらにのせて秋に入った蛍の淡い光に感慨を深くしている。玉蛍は蛍を美化しての言葉。句集『山響集《こだましゅう》』より。　昭和14年作

家遠くありて葉月の豆畑　龍太

「家遠くありて」の詠嘆に旅心《りょしん》を感じることができる。葉月は陰暦の八月のこと。家を遠くしての思いは、八月より葉月の方が俳句に表現したとき情感が深くなる。この句の場合、殊に豆畑を眺め家郷《かきょう》におよんでいるので。句集『今昔《こんじゃく》』より。　昭和54年作

新《しん》涼《りょう》の帆に翳《かげ》うごく濤《なみ》間《ま》かな　蛇笏

新涼は秋に入った新鮮な涼しさをさす言葉。真っ白な船の帆に暗い影であろうか、動いたように見えた。大きな波の間にかくれた白帆に一瞬そんな翳りが感じられたが、その不安を新涼の季語がうち消す。句集『白獄《はくがく》』より。

昭和15年作

みづうみにひかりをゆだね避暑期去る　龍太

いよいよ夏休みも終わり避暑の季節も去る。夏の保養地も秋の行楽期までの間、しばらく閑静なときを迎える。野尻湖のように秋の深むのが早い場所。きらきらと夏の名残の光を湖に任せて避暑の季節が去っていく。句集『春の道』より。

昭和43年作

九月

秋風や野に一塊の妙義山　蛇笏

妙義山は群馬県南西部にあり赤城・榛名の上毛三山の中で一番低いが、奇岩怪石で名高い。関東平野で眺めると、一塊という表現がぴったりする。しかも秋風の中であるからさわやかさが際立ってくる。句集『山廬集《さんろしゅう》』より。

大正2年作

秋空の一族よびて陽《ひ》が帰る　龍太

前書に「青光会諸友と銚子に遊ぶ」とある。太平洋に沈んでいく日の光を、「遊び呆《ほう》けていた太陽の子達が、いっせいに母のもとへ戻って、その懐に抱かれていくようである」とそのときの様子を自句自解する。句集『麓《ふもと》の人』より。

昭和35年作

いくさ終《お》ふ雲間の機影あきのかぜ　蛇笏

太平洋戦争が八月十五日に敗戦として終わった。雲の間に飛行機の姿を見ると、最近までの戦争が旅のような空《むな》しさ。まだ兵士として三人の子は帰還していない。このときの秋の風は蛇笏その人の深痛でもある。句集『春蘭《しゅんらん》』より。

昭和20年作

秋風の鈴の間を打つ蹄《ひづめ》音《おと》　龍太

北海道伊藤凍魚主宰「氷下魚《かんかい》」三周年大会出席のため札幌へ。九月七日であったが、すでに秋風はさわやかに吹いていた。馬車の鈴の音がリズムをとって鳴り、その間を馬の蹄がひびく。北辺の旅情の濃い作である。句集『童眸《どうぼう》』より。

昭和32年作

野《の》分《わき》つよし何やら思ひのこすこと　蛇笏

野分は台風を指すが草木を分けるほどの強い風の意。そんな台風のなかで神戸の俳人と別れて帰途につくことが句の背後にあり「何やら思ひのこすこと」という言葉を生む。神戸の俳人への挨拶《あいさつ》の心である。句集『山廬集《さんろしゅう》』より。

昭和5年作

「渋民村」はかにかく遠し雁《かり》鳴けば　龍太

石川啄木の歌集『一握の砂』に「かにかくに渋民村は恋しかりおもひでの山おもひでの川」がある。この短歌をうけての作。北岩手郡渋民村はかにかく遠い彼方《かなた》。空を眺めると雁が鳴き過ぎ旅情が湧《わ》く。句集『百戸の谿《たに》』より。

昭和25年作

猿あそぶ嶽《たけ》の秋《しゅう》雲《うん》消えゆけり　蛇笏

現在では山の麓《ふもと》まで猿の群れが出没して農作物の被害も多くなっている。この句の時代は奥山でもまれにしか野猿は見ることがなかった。そびえ立つ嶽にあった雲は移動し、いまは晴れている。信濃での作ではなかろうか。句集『春蘭《しゅんらん》』より。　昭和18年作

啄《け》木《ら》鳥鳴けり芝水平に恋三組　龍太

前書に「北大校内」とあるから北海道大学の中の青芝。平らに続く芝の上に恋人同士と思われる人たちが仲むつまじく寄り添っている。近くの林から啄木鳥《きつつき》の木をつつく音がきこえ、北国の秋の涼《りょう》気《き》が身をつつむ。句集『童眸《どうぼう》』より。　昭和32年作

石山の驟雨《しゅうう》にあへる九月かな　蛇笏

この句の石山は近江八景の一つで石山の秋月の地。まだ日中は暑さのきびしい九月の琵琶湖畔を夕立のような雨がとつぜん降りだしてきた。石山本願寺は信長と一向宗との合戦の拠点。驟雨の激しさが適《かな》う地である。句集『雪峡《せっきょう》』より。

昭和26年作

冷ゆる森遥《はる》かに馬の鈴休む　龍太

前書に「九月七日氷下魚《かんかい》三周年大会出席のため空路渡道十日帰郷」とある。「氷下魚」は伊藤凍魚主宰の「雲母」傍系誌。早朝から馬車の行き交う鈴の音が遠くからきこえ、その鈴音がふと途絶える静寂さに森は冷える。句集『童眸《どうぼう》』より。

昭和32年作

初嶋《はつしま》はかすみて漁戸の芙蓉《ふよう》咲く　蛇笏

前書に「福浦にて」とあるから神奈川県真鶴半島近くの福浦での作。初島は静岡県熱海市にある島。福浦の漁師の家には芙蓉の花が今を盛りと咲いている。その彼方《かなた》に初島がかすんで見える。遠近感のある作。句集『白嶽《はくがく》』より。　昭和16年作

働く人々うごく鳶《とび》の眼《め》露のやうに　龍太

千葉県銚子での作。漁師の人たちが秋の早朝に働いており、その近くにいる鳶の眼が露のように潤んで輝いている。鳶の眼の動くたびの光が、草木にぎっしりとつく露の光と同じに感じられた。感性の鋭さが伝わってくる。句集『麓《ふもと》の人』より。　昭和35年作

高波にかくるゝ秋のつばめかな　蛇笏

秋燕《あきつばめ》を鑑賞の中心におきたい。九月には大海原を越えて南方に帰っていくのが秋燕である。雄渾《ゆうこん》な表現の奥に寂しさがにじむ作。大きな波が立ちあがり、見えていた小さな燕が見えなくなった瞬間の把握。句集『白嶽《はくがく》』より。

昭和17年作

秋の船風吹く港出てゆけり　龍太

この句は学校の教科書に収められた。自句自解によると横浜の弟飯田五夫を訪ねた折の山下公園での作。船も中型の外国船とのことだが、そんな事実とは関係なく、秋風の吹く港を去っていく船に哀愁が湧《わ》く。句集『麓の人《ふもとのひと》』より。

昭和39年作

花《か》卉《き》秋暑白猫いでゝ甘ゆなり　蛇笏

画家小川千甕の病気見舞いに世田ケ谷の邸宅を訪問。「雲母」の昭和初期の表紙は劉生、百穂、龍子、芋銭、千甕といった豪華メンバーであった。花卉は花の咲く観賞用の草木。門を入ると白猫に甘えられたとはまさに日本画の景。句集『霊芝《れいし》』より。　昭和11年作

潮かがやきて大空に冷気出《い》づ　龍太

秋冷の季節となり大海原は紺《こん》青に輝き、その上に広がる大空は紺碧《ぺき》に澄んで高い。そこから秋のすがすがしい冷気がわいている、という大景の作。前書に鬼骨、蓬生二氏に誘われて、とあるので神奈川県の作であろう。句集『童眸《どうぼう》』より。　昭和30年作

船路より大山《だいせん》秋のすがたかな　蛇笏

大山は山陰地方第一の高峰で信仰の厚い山。前書に「松江、桂山邸夜会にて」とある。夕暮れの宍道湖から中海を経て美保湾を船で眺めての句会と思われる。船上で彼方《かなた》の大山を見るとすでに秋の容姿であった。句集『白嶽《はくがく》』より。

昭和7年作

花《はな》葛《くず》の果ての果てまで昼の海　龍太

葛の赤紫の花穂が咲き、あたりに甘い香りを漂わせ、残暑の日がさんさんと照りつける真昼。砂浜まで一面に伸びる真葛原のその果てに紺碧《こんぺき》の海が見える。「果ての果てまで」と念を押した表現に葛の繁茂《はんも》の広がりがある。句集『山の木』より。

昭和48年作

海も霧土牢《どろう》も霧の昼深し　蛇笏

前書に「鎌倉にて」とある。鎌倉幕府で栄えた地なので土牢もある。土牢は地中に横穴を掘り罪人をとじこめた施設。海から霧がわいて暗い土牢の中にも流れている真昼の景である。土牢と霧が歴史を暗くする。句集『白嶽《はくがく》』より。

昭和10年作

雁《かり》の夜の海にあつまる人おもふ　龍太

秋に北方から雁が群れをなして渡ってくる夜の海に、人が集まってきている。秋祭であろうか、それとも漁に出発する人たちなのか。その理由は表されていない。ただ夜の雁が見えるのは月光がくまなくさしているからだ。句集『麓《ふもと》の人』より。

昭和36年作

簾《すだれ》捲《ま》く月の渺《びょう》たる磯《いそ》家《や》かな　蛇笏

簾を取り外すにはまだ少し早い季節であろう。夜になると簾を巻きあげ、澄んで果てしなく照る月を愛でる。岩の多い海岸近くに建つ磯家は、現代風の海の家に似ているのではないか。前書に「海浜仮泊」とある。句集『山廬《さんろ》集《しゅう》』より。

昭和6年作

草紅葉暮るる地獄図極楽図　龍太

松山市の子規記念博物館で全国俳句大会があり記念講演に行った折の作。市役所の案内で波郷生家の地や、一遍上人の寺を回り、とある寺での作。夕暮れの鐘楼下の壁面に地獄極楽図が描かれ、外には草紅葉が燃えていた。句集『山の木』より。

昭和58年作

風あらぶ臥《ふし》待《まち》月《づき》の山湯かな　蛇笏

前書に「白骨温泉」とある。臥待月は陰暦八月十九日の月で、寝て待つころに出るから昔の人はそんな名をつけた。現代では十九日月が見えるのは、寝て待つという状態ではない。風が荒びはじめ月は皓々《こうこう》と山峡を照らす。句集『春蘭《しゅんらん》』より。昭和14年作

もろもろのこゑの真近き曼《まん》珠《じゅ》沙《しゃ》華《げ》　龍太

宮崎えびの高原に鬼塚梵丹の案内で遊んだ折の作。自動車道休憩所に萩の茶屋があり橋を渡ると、一山が曼珠沙華の花であふれていた。何万本ともしれぬ彼岸花の中に立つと、地底からも天空からももろもろの声が聞こえてきた。句集『涼夜《りょうや》』より。昭和50年作

幸福に人のくつおと秋の苑　蛇笏

戦後間もない日比谷公園での作。ベンチに腰をおろし前を通り過ぎる人々の確《しっか》りした靴音に、戦火を生きぬいてきた幸福感が響く。吾子《あこ》二人の戦死がある作者であってこそ、幸福という言葉に真実の重みがある。句集『雪峡《せっきょう》』より。

昭和22年作

ヤンマとぶ伊豆南端の尾根の上　龍太

ヤンマはトンボのなかでも比較的大型のもの。ギンヤンマ・オニヤンマなどがその代表。伊豆半島南端の石廊崎周辺の山頂でヤンマが飛ぶのを見て、秋も半ばになっていることに気付く。俳句は場所の設定が大事。句集『今昔《こんじゃく》』より。

昭和52年作

いとなみて月夜ばかりの子規忌かな　蛇笏

九月十九日は正岡子規の忌日。東京田端の子規の墓所大龍寺で子規忌が催された。それに参加しての作。その夜は満月であったろうか。皓々《こうこう》ときらめく月光の中で子規忌がおごそかに営まれた。句集『山盧集《さんろしゅう》』より。

大正11年作

秋雲《しゅううん》の下城ひとつ子規もひとり　龍太

愛媛県子規記念博物館での講演のため松山を訪れたときの作。松山城は遠くからも城の輪郭が鮮明に見える。子規もまた三十五年の生涯を鮮やかに俳壇・歌壇に示した人物。孤峰として一段高くそびえる松山城と子規である。句集『山の影』より。

昭和58年作

あきかぜや水夫《かこ》にかゞやく港の灯　蛇笏

秋風がしみじみと身にしみてくる季節となる。しかも夜の海風である。港の照明は昼のように明るく、行き来する船乗りが輝いてみえるのは、これから船が出航するためか。それとも秋風のためか。句集『山廬集《さんろしゅう》』より。

大正4年作

毒舌明るしさらに秋日の渦白し　龍太

句会の仲間と千葉県銚子に遊んだときの作。「毒舌明るし」に親しい友達との会話のはずみがにじみでている。そんな友人同士の毒舌に加え、さらに秋の日の照りつける渦は白く明るかった、と楽しいときを表現する。句集『麓の人《ふもと》』より。

昭和35年作

曾我の子はここにねむりて鰯雲《いわしぐも》　蛇笏

前書に「箱根賽《さい》の河原にて」とある。父の仇討《あだう》ちを果たした曾我兄弟の物語は有名。箱根の賽の河原付近に曾我五郎、十郎の墓があるのだ。そこに立った感慨がこめられる。空には鰯雲が動き秋の気配を濃くしている。句集『山響集《こだましゅう》』より。

昭和11年作

秋燕《あきつばめ》波郷生地は町の端　龍太

石田波郷の生家は松山市の郊外にあり、近くに川が流れ蘆《あし》が生い茂っている。生地の小学校には波郷句碑がある。燕は空高く群れて舞いはじめ南の島に帰る日も近い。秋燕の紺の深い色と、波郷生地は思いを深くする。句集『山の影』より。

昭和58年作

舟人の莨《たばこ》火《び》もえぬ秋の海　蛇笏

舟人であるから小さな手こぎの木舟であろう。漁の合間に刻み煙草《たばこ》へ火をつける。少し離れた場所からは、この火があかあかと燃えているように見える。秋天の澄んだ下の海は広大で、煙草火が魔ものめく。句集『山廬集《さんろしゅう》』より。

大正5年作

信濃から人来てあそぶ秋の浜　龍太

南伊豆吟行会が今井浜で開催され、長野県から有泉七種氏らが出席していた。秋のさわやかな日であった。甲斐もそうだが信濃もまた海のない国。それだけに秋の浜を見つめている光景は印象的であったわけだ。句集『春の道』より。

昭和45年作

滄《そう》溟《めい》にうく人魚あり月の秋　蛇笏

滄溟は青々とした海原。人魚は上半身が若い女性で下半身は魚という想像上の動物。仲秋の月の夜にその人魚が大海原に浮いて月光を浴びている。幻妖怪奇《げんようかいき》の感覚を駆使した初期の蛇笏俳句の創作意欲がこめられている。句集『山廬集《さんろしゅう》』より。

大正4年作

ひえびえと海女の裸に裸の影　龍太

千葉県銚子海岸での作。赤銅色に日焼けした海女の肢体《したい》はたるみなくのびやか。その裸に隣の海女の影がくっきりと映る。もう秋の気配が濃く漂い、朝夕冷え冷えとした中で、海女の健康美が輝いている。句集『麓《ふもと》の人』より。

昭和35年作

燈《ひ》をさげて観音寺みち秋の夜　蛇笏

前書に「京都今熊野」とある。この観音寺は西国三十三番、観音霊場十五番の札所で墓地に見事な石造の宝塔三基が並ぶ。秋の夜の涼気《りょうき》がひたひたと迫るなかを灯火をさげて参詣《さんけい》し、参道に虫の音もわく。句集『雪峡《せっきょう》』より。

昭和23年作

花さげて虚《むな》しき秋の影法師　龍太

「重態の角川源義氏を見舞ふ」とある。当時角川書店会長で俳人。その年十月二十七日に他界した。花をさげての見舞いだが、もう幾ばくもない命と知るだけに道路に映る秋日の影法師は、虚しさでやりきれない思い。句集『涼夜《りょうや》』より。

昭和50年作

はつ汐《しお》にもの丶屑《くず》なる漁舟かな　　蛇笏

初汐は陰暦八月十五日の満月の日の満潮をさす。月光は明るく沖から満ちてくる波が海岸に向かってくるのが見える。その波に海上の漁舟はまるで物屑のように漂う。初汐の季語を理解することで感銘が深くなる。句集『山廬集《さんろしゅう》』より。　明治41年作

十月

旅人に秋日のつよし東大寺　蛇笏

奈良の大仏でよく知られている東大寺での作。秋の日差しは旅をする人に強すぎて容赦のない感じがする。東大寺の大伽藍《だいがらん》を前にして、旅人であることをつくづくと思う。大仏にまみえる前の秋日のきびしいなか。句集『山廬集《さんろしゅう》』より。

昭和5年作

蛇笏の忌難波大路の木の実また　龍太

難波は大阪の繁華街で道頓堀以南をさす交通の要所。広い道路が走っており、その両側には街路樹の木の実も色付いている。銀杏《いちょう》の街路樹であろう。蛇笏忌も二十年を越え、大阪でその日を迎えた。旅心《りょしん》の濃い作。句集『山の影』より。

昭和59年作

秋茄子《あきなす》の葉と花を干す筵《むしろ》かな　蛇笏

前書に「平等院の裏町所見」とある。茄子の葉と花が筵に干してあり不思議に思ったのが作句の動機。京都であるから柴漬《しばづけ》などの漬物の材料か、それとも他に理由があるのか。筵の上の秋茄子の葉と花の紺が美しい。句集『山廬集《さんろしゅう》』より。

昭和5年作

伊吹より風吹いてくる青蜜柑《あおみかん》　龍太

この句の伊吹は滋賀と岐阜の県境に立つ一、三七七メートルの伊吹山と解釈していいだろう。日本海からの強風をうけ気象状況の悪い山だが野草や艾《よもぎ》で有名。伊吹山から青蜜柑に向かって吹く風に冬が近づく。句集『山の木』より。

昭和49年作

そのかみの火《ほ》むらをしのぶ紅葉かな　蛇笏

「平等院」の前書がある。京都宇治は平安時代、京の貴族に親しまれた所。兵乱で堂宇は焼かれたが鳳凰堂のみが残った。紅葉の真紅の色に、乱世に焼かれた過去の火の色をおきかえてしのんだ。紀行文集『旅ゆく諷詠《ふうえい》』より。

昭和4年作

ひたと見えこころ離るる秋の海　龍太

秋の海は澄み渡って潮の色も透明になってくる。その海をいちずな気持ちで眺めていても茫洋《ぼうよう》として、心はいつしか離れていってしまう。秋の海は視覚的には美しく広がるが、心にはとどまらないもどかしさがある。句集『山の影』より。

昭和59年作

艇庫閉づ秋寒き陽《ひ》は波がくれ　蛇笏

箱根芦ノ湖での作。艇庫はボートをおさめておく倉庫。秋も半ばを過ぎ肌に寒さが感じられる夕陽が、寄せてくる波にかくれている。艇庫を閉じたことにより季節が鮮明に感じられ、日々に日は短くなり冷えてくる。句集『山響集《こだましゅう》』より。

昭和11年作

冷《すさ》まじき潮《うしお》壽《じゅ》永《えい》の音すなり　龍太

「壇の浦・早鞆《はやとも》の瀬戸」の前書あり。源平合戦最後の戦場壇ノ浦で、八歳の安徳天皇が入水《じゅすい》し平家が滅びる。寿永は安徳天皇の代の年号でわずか二年。瀬戸の波音に寿永の悲しみがこもり、秋冷《しゅうれい》の強さが肌にしみる。句集『遲速《ちそく》』より。

昭和61年作

灯海の濃くなるばかり天の川　蛇笏

紀行文集『旅ゆく諷詠《ふうえい》』の「西国羇旅《さいごくきりょ》」の項に収める。大阪駅に着いたのは灯影《ほかげ》のきらめく午後九時過ぎであった。町の灯はネオンを交えていよいよ明るくなるばかり。その夜空のうえに天の川がしろじろとかかって更けていく。

昭和7年作

べうべうと汐《しお》引く川の無月かな　龍太

無月は十五夜の月が雲に覆われ見えないこと。雨であれば雨月となる。十五夜の日は大潮で名月を眺めるころは満潮。したがって夜の更けてからの景で、川に満ちていた潮が引く。「べうべう」は渺々《びょうびょう》で水面の果てしなく広いさま。句集『涼夜《りょうや》』より。

昭和50年作

山梨《こなし》熟れ穂高雪渓眉《まゆ》の上　蛇笏

山梨《やまなし》はバラ科落葉高木で秋に小さな実が熟れる。日本ナシの原種でコナシとも呼ぶ。北アルプス連峰穂高岳の真っ白な雪渓が、眉の上に見える。山梨の小さな実と雄大な穂高連峰の雪渓の配色は絶景だ。句集『山響集《こだましゅう》』より。

昭和14年作

幼子《おさなご》のひとりは背負ひ秋の浜　龍太

秋の砂浜での作。見た景というより自ら背中に幼子を負っているようだ。「ひとりは」と表しているので、もう少し大きな子供も一緒にいることになる。やわらぐ晩秋の日和のなかで、海の波音をきいている。句集『春の道』より。

昭和43年作

秋《あき》黴《つ》雨《いり》日輪の朱の燻《いぶ》りけり　蛇笏

秋黴雨は秋の長雨をさす寂しい言葉で秋霖《しゅうりん》ともいう。どんより曇った空に太陽が黄色みがかった赤い色に見える。雲に朱色が淡く染まって燻っているようだ。大阪の公園の砂礫《されき》を踏みながら雨のあがった空を仰ぐ。紀行文集『旅ゆく諷詠《ふうえい》』より。

昭和7年作

菊白し安らかな死は長寿のみ　龍太

「塚原国手曰く」の前書がある。蛇笏高弟西島麥南八十六歳の死の床での作。国手は名医のことで塚原麥生氏。供えられた白菊の辺で国手がもらした「安らかな死は長寿のみ」に菊の白さが匂《にお》い余情が広がる。句集『山の影』より。

昭和56年作

秋風や聳《そび》えて燻《いぶ》る嶽《たけ》の尖《さ》き　蛇笏

「上高地と白骨」七十句を同時発表したなかの作で「焼嶽を詠む」の前書あり。北アルプスの活火山焼岳二、四五五メートルの頂上から噴煙があがり秋風に流されている。くっきり澄んだ空に風は冷たい。句集『山響集《こだましゅう》』より。

昭和14年作

水澄める日向《ひなた》に京の女達　龍太

水の澄むのは秋の季節感が最も強く感じられる現象だ。空も心も澄んでさわやかな思いとなる。日の光も薄く輝き川の流れは底石が見えるまで澄んでくる。一目で京の女とわかるのは舞妓か花売り女《め》。句集『山の影』より。

昭和57年作

無花果《いちじく》を手籠《てかご》に旅の媼《おうな》どち　蛇笏

前書に「宍道湖船中」とある。島根県宍道湖中海巡りの船中に小遊覧団の婦人たちと同乗。手に手に無花果の暗紫色に熟れている手籠を提げているのを目にしての作。媼は年をとった女性の古称。紀行文集『旅ゆく諷詠《ふうえい》』より。　昭和7年作

柘榴《ざくろ》揺れゐてさ迷へる国ありき　龍太

柘榴は西アジア原産とされ、平安時代以前に渡来し、日本で最も古くから栽培された果樹。西アジアはアフガニスタン、イラン、イラクを含む地方。柘榴が裂けて真っ赤な粒が見えて揺れ、原産地のさまよえる国を思い浮かべる。句集『山の木』より。　昭和49年作

草もなく嶽《たけ》のむら立つ狭霧《さぎり》かな　蛇笏

前書に「足尾銅山」とあり、紀行文集『旅ゆく諷詠《ふうえい》』の紀行文を読むと労働服に地下足袋をはいての銅山見学。坑内に入り鉄鉱電車から昇降機で暗黒の地底へと。周囲の山々は草も生えず霧が冷え冷えと立ちこめている。句集『霊芝《れいし》』より。

昭和8年作

なつかしや秋の仏は髯《ひげ》のまま　龍太

西島麥南は龍太第一句集『百戸の谿《たに》』に解説を書いた蛇笏高弟。その鎌倉の死の床に参じての作。死の頰《ほお》には髯がのびており日頃の懐かしさが漂う。昭和五十六年十月十一日死去。校正の第一人者として文化人間賞を受賞。句集『山の影』より。

昭和56年作

地獄絵の身にしみ〲と秋日かな　蛇笏

足尾銅山の地下一三〇メートルまで作業音の喧騒《けんそう》のなかを坑内見学した。甲府から五味洒蝶らが同行。地獄絵はカンテラの明かりで感じた暗黒の世界の表現。一歩一歩出口に向かうと、待っていたのは秋日の尊い明るさ。紀行文集『旅ゆく諷詠《ふうえい》』より。　昭和8年作

夜も昼も魂《たま》さまよへる露のなか　龍太

高野山での作。弘法大師の開山から千二百年の歴史のある仏都。二万基の墓碑の中に武田信玄の墓も見える。巨木や足元の草々まで露のきらめく高野山には、多くの人の魂がさまよっているように感じられる。句集『山の影』より。　昭和58年作

高西風《たかにし》や茶碗《ちゃわん》にあまき土埃《つちぼこ》り　蛇笏

足尾から山路をたどり中禅寺湖にぬける道を歩き、峠の茶屋で熱い茶をすすったときの作。高西風は稲刈りのころ突然に強く吹く北西風のこと。茶碗の土埃を甘く感じたのは、この峠越えが難路であったことを物語る。紀行文集『旅ゆく諷詠《ふうえい》』より。　昭和8年作

燕《つばめ》高し大原もいま秋ならむ　龍太

壇ノ浦・早鞆《はやとも》での作。壇ノ浦の合戦で敗れ安徳天皇は八歳で入水《じゅすい》。母建礼門院は幼帝とともに入水するが救助され、京都大原の寂光院で尼となり余生を送る。壇ノ浦の海を眺めて大原寂光院をしのぶ頭上に帰燕《きえん》が舞う。句集『遅速《ちそく》』より。　昭和61年作

象《きさ》潟《かた》の昼うすくらき秋の雨　蛇笏

「秋田から新潟への車中」の前書あり。象潟は秋田県南西の海岸沿いにあり、芭蕉の奥の細道の名句があり注意して眺める。この日は雨でことに日本海のもつ暗さがたちこめている。芭蕉への思いが深いので象潟の地に注目する。句集『家郷《かきょう》の霧』より。　昭和30年作

秋風の西空かつと陶器市　龍太

この西空を単に方向としての西の空だけでなく関西方面の空と感じるのは、陶器市の言葉による。山梨にはいい陶土がないので昔から有名な焼き物はない。秋風の季節になると大きな陶器市がかっと照る秋天下にたつ。句集『遅速《ちそく》』より。　昭和61年作

蜜《み》柑《かん》園《えん》日《ひ》中《なか》の海を昏《くろ》うせり　蛇笏

太平洋戦争敗戦の日から二カ月少したち、静岡県の蜜柑園から海を眺めたときの作。蜜柑に色が明るく、太陽がさんさんと照る海にもかかわらず重く暗い日暮れの感じがする。それは二人の子供の戦場からの消息不明による。句集『春蘭《しゅんらん》』より。

昭和20年作

豊年や西国新路山を越え　龍太

西国は九州を主として中国・四国地方をさす言葉。台風もなく晴天が続き稲も豊作の年。新しい道路が山を越えて伸び、東国、西国をつなぎ日本の発展していく年であった。「豊年」がそんな時代を象徴している。句集『山の木』より。

昭和48年作

一色の紙のごとくに秋の濤《なみ》　蛇笏

秋田から新潟に向かう車中での作。日本海の大きな波を羽越本線の車窓から眺めている。象潟《きさかた》での句が前にあるので、日本海沿岸を最も近く走る山形県あたりの作であろうか。秋の波が窓に迫り一色の紙のように白く見える。句集『家郷《かきょう》の霧』より。　昭和30年作

身にしむや海の底ひの都まで　龍太

壇ノ浦の合戦の海は秋の深まるなかでしみじみとした冷たさを感じさせる。身にしむはそうした晩秋の季語。しかも、八歳の幼帝の入水《じゅすい》で平家一門は栄華の都を海底に築いたのであろう。哀愁の漂う海に晩秋の冷えがおよぶ。句集『遅速《ちそく》』より。　昭和61年作

塔のもと花のともしき秋の土　蛇笏

「唐招提寺にて」の前書がある。奈良西の京での作。境内に草花が目につかず秋の白砂が敷かれている。鑑真和上廟所《びょうしょ》もあり秋の花が欲しいと感じる。それは「ともしき」という言葉があるからだろう。句集『心像《しんぞう》』より。　昭和17年作

山々のうしろは露の信濃かな　龍太

この句は山梨県での作であるが、信濃への旅心《りょしん》を濃く表している。八ケ岳・甲斐駒ケ岳・北岳をはじめとする白根山。そのうしろはすべて長野県である。きっと露のきらめく信濃は紅葉の盛りであろうと。句集『遅速《ちそく》』より。　昭和60年作

世を経たる巌ぼろ〳〵と露の秋　蛇笏

足尾を取り巻く山々も長い歳月のなかで、岩もぼろぼろと崩れている。あたりの光景は臭いのつよい山土、乾いた枯草などで荒涼としている。自然に回帰する力を露の秋で見せているが、巌ぼろぼろに恐ろしさがにじむ。紀行文集『旅ゆく諷詠《ふうえい》』より。　昭和8年作

高《たか》浪《なみ》の葛《くず》に必死のみどりかな　龍太

必死のみどりは、葛の葉が深まる秋のなかで最後の力をふりしぼり緑を輝かせている景。間もなく葛の葉は枯れていく。海岸の断崖《だんがい》に垂れる葛の葉を連想すると、高波のしぶきで濡《ぬ》れた緑が鮮やかさを増し必死の力を見せる。句集『遅速《ちそく》』より。　昭和62年作

秋風や恋結願の銭の音　蛇笏

島根県八束郡八重垣神社での作。縁むすびの神として参拝の多い社《やしろ》。この日も九州観光団の自動車群の人達と会ったことが記されている。秋風の吹くなかで恋の成就を願う賽銭《さいせん》を箱に入れる音がきこえる。紀行文集『旅ゆく諷詠《ふうえい》』より。

昭和7年作

船つくる音のなかなる菊日和　龍太

山村地方では見られない光景。海に近い場所にある造船の景であるが、菊日和という表現だから何万トンという大きな造船所ではあるまい。何か木造船といった感じがするのは、背景が菊の薫る日本晴であるから。句集『山の木』より。

昭和48年作

秋日和なかく売れぬ樒《しきみ》かな　蛇笏

京都天龍寺での所見。関西方面を二週間あまり高室呉龍と旅した折の作。樒は常緑樹で香気があり小枝を仏前に供えるので、門前で売っていたのであろう。売れ行きの遠い樒に秋の日が照りつける。紀行文集『旅ゆく諷詠《ふうえい》』より。　昭和４年作

幼帝のいまはの笑みの薄紅葉　龍太

山口県下関市の壇ノ浦源平合戦で、幼帝安徳天皇は二位の尼に抱かれ三種の神器の宝剣とともに入水《じゅすい》し命を絶った。ほんのりと色付きはじめた薄紅葉は、この幼帝の最後の微笑のようではないかと。美しく哀れな関門海峡の秋。句集『遅速《ちそく》』より。　昭和61年作

津軽よりうす霧曳《ひ》きて林檎園《りんごえん》　蛇笏

津軽は青森県の西半分の呼称であるが、岩木山を津軽富士と呼び、津軽平野、津軽半島など津軽を用いる言葉は多い。岩木山麓《さんろく》に広がる林檎園の色づいた実に、うす霧が流れている。霧の流れるごとに林檎が甘くなる。句集『椿花集《ちんかしゅう》』より。　昭和31年作

露限りなき果に澄む深空《みそら》あり　龍太

信州海ノ口での作。草に木に露が遠くまで輝いている。一歩でも踏み出そうものなら満目の露が揺れるようだ。まさに万朶《ばんだ》の露といった感じ。その果てに紺碧《こんぺき》の空が深く澄んでいる。秋季のなかに宇宙の広がる大きな句である。句集『忘音《ぼうおん》』より。　昭和42年作

強《こわ》霜《じも》におしだまりたる樵《しょう》夫《ふ》かな　蛇笏

この作の時代には信州の秘境といわれた白骨温泉。蛇笏はこの地を好み何度か訪ねている。乗鞍岳北東麓《ほくとうろく》にあるから冬は早い。霜が粉雪のように降り、樵《きこり》は黙々と山へ霜を踏んで行く。その足音があたりにひびく。句集『山響集《こだましゅう》』より。　昭和14年作

時さだめなき山を出て柿の秋　龍太

高野山奥の院参道には武田信玄や織田信長など多くの武将の墓が並び、弘法大師の御廟《ごびょう》がある。時が現代から過去まで定めない霊場である。下山をすると高野口あたりから家々に柿が朱色を輝かせ、この世の思いにかえる。句集『山の影』より。　昭和58年作

夢殿や雨の霽《は》れ間の石たゝき　蛇笏

夢殿は奈良法隆寺東院の八角堂で国宝。雨のやんだ雲間から晩秋の日が射《さ》す。鶺鴒《せきれい》は石を叩くように尾を上下に振るので石叩きという。夢殿の周りを敏捷《びんしょう》に渡り高い声で鳴く石叩きと夢殿の対比が美しい。紀行文集『旅ゆく諷詠《ふうえい》』より。

昭和4年作

海鼠《なまこ》嚙《か》む遠き暮天の波を見て　龍太

天草の真珠養殖の現場を眺めて宿に入る。短日の空はまだ明るさをおびているが、たちまち暮色に覆われてしまう。そんな空を眺め海を見ながら新鮮な海鼠を食べると、歯ごたえがありまさに冬の季語だと思う。句集『涼夜《りょうや》』より。

昭和52年作

十一月

いわし雲小諸の旅をこゝろざす　蛇笏

句集『心像《しんぞう》』と『春蘭《しゅんらん》』の両方に収録される。『心像』では「鰯《いわし》雲《ぐも》」と漢字で表記し『春蘭』では「いわし雲」と平仮名に推敲《すいこう》されている。自然主義文学者島崎藤村の死を悼んでの句で、小諸は藤村にとって最も想い出深い古城の辺り。

昭和18年作

古都奈良を秋が生絹《すずし》のごとく去る　龍太

感じたことを見える句にしている作。秋が去っていく現象は目には見えない。生絹は練っていない生糸の織物で軽くて薄く紗《しゃ》に似ている。古都奈良の行く秋はそんな古くから織られている生絹のようだと。句集『遅速《ちそく》』より。

昭和60年作

たたずみて秋雨しげき花屋跡　蛇笏

前書に「御堂筋」とあるから松尾芭蕉終焉《しゅうえん》の花屋仁右衛門邸の跡地での作。大阪御堂筋の大路に面した花屋跡に冷たく秋雨が降るなかにたたずむ。芭蕉を敬愛していた蛇笏の憂愁の気持ちが背後に感じられる。句集『椿花集《ちんかしゅう》』より。

昭和31年作

日短し漁夫の荒鵜《あらう》のごとき眼《め》は　龍太

十一月に入ると日は短く初冬の感じが深くなる。海に沈む釣瓶落《つるべおと》しの日をじっと見つめる漁師の目は、らんらんと輝き猛《たけ》る鵜のように鋭い。それは日が短いので明るいうちに明日の漁の支度に追われ多忙であるため。句集『山の影』より。

昭和57年作

二《に》三《さん》日《にち》や身にしむ旅の夢をみる　蛇笏

二週間続けて神戸・大阪・京都・愛知と句会講演の旅を高室呉龍同行でこなす。この作は郷里境川村に帰ってきてからのもの。長旅の夢を秋の冷え冷えとしたなかで、二、三日続けてしみじみとみた。紀行文集『旅ゆく諷詠《ふうえい》』より。　昭和4年作

露の子に暗い硝子《がらす》の聖者達　龍太

龍太の句集には露の季語を用いた作が五十句あまりある。露の子は露の中にいる現実の子供と、亡くなっている幻の子供とを表す場合がある。教会であろうか硝子に描かれている多くの聖者と、現実の子供との対比に詩因がある。句集『忘音《ぼうおん》』より。　昭和41年作

毛糸編む船客時を愉《たの》しみぬ　蛇笏

「神戸港より淡路へ渡る」の前書があり、船中で毛糸を編みながら時間の過ぎるのを楽しむ船客を眺める。婦人の編んでいる前には毛糸玉がころがっている。小春日の静かな海に白波を立てて淡路島を目ざす船上のひととき。句集『雪峡《せっきょう》』より。

昭和23年作

夕冷えの乱るる靴に愉《たの》しき灯　龍太

京都国際会館での雲母京都支社三十周年記念大会後の大原魚山園宿泊の作。各部屋の玄関に多くの靴が乱れて脱がれているのも楽しい。外は北山時雨の降る夕暮れ。晩餐会《ばんさんかい》での南極琅による大原御幸の朗読が印象的であった。句集『忘音《ぼうおん》』より。

昭和41年作

浪際《なみぎわ》や茶の花咲ける志賀の里　蛇笏

滋賀のことを古くは志賀とも書いた。したがって浪際は琵琶湖。茶の花が静かに波音をきくように咲いている。旅での景をきちっと心に受け止めて、目立たず下向きに咲く茶の花を、志賀の里と調和させて表す。句集『山廬集《さんろしゅう》』より。

昭和5年作

冬に入る水草《みくさ》やさしき肥後の国　龍太

水草《みずくさ》は水中に生える草や藻をさし、古い言葉で「みくさ」。立冬になっても肥後の国熊本では、水草の緑にやさしい光がそそがれている。九州の会の講評で、優れた句は意外と身近なものにある話がなされる。句集『山の影』より。

昭和59年作

火をはこぶ娘《こ》のはるかより鹿《しか》の雨　蛇笏

「奈良公園江戸三亭」の前書あり。鹿は晩秋の交尾期に雄が鳴くので秋の季語となっている。この句から初冬の感じをうけるのは、火を運ぶ娘と雨の降っていることによるだろうか。遠くで鹿の鳴く声が雨の中に聞こえる。句集『霊芝《れいし》』より。

昭和7年作

ひえびえと一茶の知らぬものばかり　龍太

前書に「黒姫山麓《さんろく》」とあり、越後に近い北信濃に冬が迫っている。一茶堂の格天井《ごうてんじょう》に高名俳人の句が収められ、そこに請われてしたためる。一茶没後百四十年あたりは開発され一茶の知らないものばかり、という感慨を深める。句集『春の道』より。

昭和43年作

大原のうす霜をふむ魚山行　蛇笏

魚山は中国にある文学・言語などの学問起源地としての伝説の山。日本では京都大原周辺を魚山という。薄霜を踏んで洛北の初冬の風物を楽しむ。雲母大阪支社三十年・宮武寒々句集『朱卓』出版記念俳句大会の帰路での作。句集『椿花集《ちんかしゅう》』より。　昭和31年作

水澄みて旅路急《せ》かるるにもあらず　龍太

雲母京都支社三十二名、物故者七名の合同句集『手燭《てしょく》』が出版され、その記念俳句大会に出席した折の作。急ぎの所用の旅ではなく、大会のあと大原の里に一泊している。水澄む季節の京都洛北は特に美しい。句集『忘音《ぼうおん》』より。　昭和41年作

日がつまる港都の宿に陶器めづ　蛇笏

港都はこの作では神戸港をさしている。十一月も中旬近くなると午後四時半ごろは薄暗くなり短日の感が深い。神戸の宿に飾られている陶器を手に取ってその美しさに見入っていると、たちまちあたりは暗くなった。句集『雪峡《せっきょう》』より。

昭和23年作

冬の家目つむれば魔の閃光裡《せんこうり》　龍太

長崎での作。魔の閃光とは原子爆弾が爆発した瞬間を表す。まさに魔の閃光で多くの人間がこの光によって死んだ。いま冬になる原爆降下地の建物の中で目をつむると、魔の閃光のきらめきを思い身の裂ける感じであった。句集『今昔《こんじゃく》』より。

昭和55年作

品川に台場の音のしぐれかな　蛇笏

台場は江戸末期に造られた砲台。ペリー来航のとき品川沖に構築したものが御台場として有名。その台場に打ちつける波音と、降り出した時雨にしみじみと冬になった思いを深くする。品川台場と時雨が微妙な初冬の効果をあげる。句集『山盧《さんろ》集《しゅう》』より。　明治44年作

月が出て濤《なみ》が冬めく声を出す　龍太

暦の上では秋から冬へと季節は移っているが、日中は小春日和の静かなとき。しかし、夜に入り月の出が沖から大きな波のうねりを連れてくると、その波音はもう冬であることを確実に告げている。句集『春の道』より。　昭和45年作

冬ぬくく紀北やまなみ雲をみず　蛇笏

前書に「紀伊路」とあるので紀北は、南紀の観光名所の多い海岸地帯とは反対側の紀伊山脈の方向。山また山が連なり樹木の鬱蒼《うっそう》とした場所。小春の暖かな日で紀北の山並みは一片の雲もなくよく晴れている。句集『雪峡《せっきょう》』より。

昭和23年作

欅《けやき》しづかな荻窪を時雨去る　龍太

東京荻窪の教会通りを奥に入った邸宅地には欅の木が目につく。荻窪全体に武蔵野の名残の欅があるのだろう。欅も静かに落葉がはじまり、その上を時雨が過ぎて行く。荻窪は井伏鱒二邸のある地でもある。句集『山の木』より。

昭和49年作

恋めきて絨《じゅう》毯《たん》をふむ湯ざめかな　蛇笏

前書に「郊外五色荘」とある。神戸市垂水の倉橋弘躬の邸宅が五色荘。この日は有風・憲吉たち七名と徹夜句座を催した。廊下のすべてに絨毯が敷きつめられ、ふくよかな恋めいた感じ。広い家で湯冷めを感じたのだ。句集『雪峡《せっきょう》』より。

昭和23年作

凧《たこ》ひとつ浮《うか》ぶ小さな村の上　龍太

歳時記で凧が春なのは凧合戦のためか。子供の揚げる小さな凧は年末から正月にかけて多い。壽郎・哲郎両氏と重患の蒲田陵塢を見舞った帰りの車中作。新雪の伊吹山を過ぎた集落の上に、凧が一つだけ浮かんでいた。句集『忘音《ぼうおん》』より。

昭和41年作

水《すい》禽《きん》に流転の小首うちかしげ　蛇笏

「浅草公園所見」の前書がある。公園の池に冬を楽しみ、飛来した水鳥に見入っての作。水鳥は鴨《かも》や都鳥、鴛鴦《おしどり》などの冬の水上にいる鳥の総称。流転の小首をかしげと、よく見詰めた表現から鴨の類ではないかと思う。句集『山《さん》廬《ろ》集《しゅう》』より。

大正11年作

朝寒や阿蘇天草とわかれ発《た》ち　龍太

熊本で雲母九州俳句大会が開催された。大会の翌日、田中鬼骨一行は阿蘇へ、龍太一行は天草へと出発する。朝の寒さを身に感じつつ、それぞれが会場をあとにした。事実の景であるからこそ旅情が濃くなる。句集『涼《りょう》夜《や》』より。

昭和52年作

サロンより須磨の浦浪《うらなみ》冬日照る　蛇笏

神戸の船運会社社長・倉橋弘躬の豪邸五色荘の応接室から、須磨の海岸の波に冬の日が輝いているのが見える。ゆったりとした気持ちが味わえるのは「須磨の浦浪」という言葉で、それを引き締めているのが冬日である。句集『雪峡《せっきょう》』より。　昭和23年作

天草四郎凍《いて》空《ぞら》に群《ぐん》鴉《あ》充《み》ち　龍太

天草四郎は島原の乱の一揆の総大将益田時貞のこと。天草の島々を冬に入った寒い船上から眺めると、空を多くの鴉《からす》が覆うばかりに乱舞していた。天草四郎の若い死を悲しむかのようであった。この作の現場に筆者は同行した。句集『涼夜《りょうや》』より。　昭和52年作

空《から》風《かぜ》や湾口に泛《う》く荷物船　蛇笏

和歌山県由良港での作の次に収められている句であるから、この湾も紀伊由良港と考えていいだろう。冬の乾燥した風の吹く港に浮く荷物船。何の荷を積んでいるのだろうか。まだ食料事情の悪い戦後間もないころの作。句集『雪峡《せっきょう》』より。

昭和23年作

木《こ》枯《がらし》やある日の奈良の塔の先　龍太

冬の確実な到来を知る北西寄りの強い風の木枯の吹く季節。それも奈良の塔の先を目掛けて吹く。きっと落葉も交えて吹きすさんでいるのではなかろうか。塔の多い奈良であってこそ冬の深まる木枯に一段と迫力がある。句集『今昔《こんじゃく》』より。

昭和54年作

濤《なみ》かぶつて汐《しお》汲《く》む蜑《あま》やむら千鳥　蛇笏

千鳥は古来から寒さや冷たさの中で詠まれ、詩歌ではいつしか冬の鳥となった。海女は陸の生活にもどり、波しぶきを浴びて海水を桶《おけ》に汲んでいる。その周りを千鳥がちょこちょこ歩いたり飛んだりして群れをなす。句集『山廬集《さんろしゅう》』より。　大正4年作

大寺も小寺もしぐれ明りにて　龍太

前書に「鎌倉」とある。場所があきらかになると、大寺・小寺が鮮やかに見えてくる。しかも、さっと降ってはすぐ上がる時雨に、寺々の屋根や樹木が鮮明さを増す。京都の時雨ではなく鎌倉であることに明るさがある。句集『山の木』より。　昭和49年作

機《き》罐《かん》車《しゃ》の蒸気が凍《い》てる月明り　蛇笏

前書に「午夜の京都駅」とある。長かった関西方面の旅も今日で終わる真夜中の京都駅。機関車が蒸気を吹き出し、折からの月明かりで寒さはいよいよきびしく、蒸気は月光で虹をなしホームに広がって凍るようだ。句集『雪峡《せっきょう》』より。

昭和23年作

神の留守押せど動かぬ大魚にて　龍太

何人もで押してもぴくりともしない大きな魚。やがてクレーンのような機械で運ばれ解体されるであろう。神の留守は陰暦十月のことで神々が出雲に集まり留守になる月。この季語で不思議な現代の俳諧味を出す。句集『山の影』より。

昭和56年作

樹がくりに浅《あさ》草《くさ》世《じょ》帯《たい》霜日和　蛇笏

街路樹に隠れるように浅草街には独立して生活する家々が見える。浅草世帯という言葉には商家の感じがする。人出もまだ少ない朝、霜の降った上に晴天の日が照っている。浅草界わいもいよいよ冬が深まっていく。句集『雪峡《せっきょう》』より。

昭和26年作

短日の刃先ころりと真珠生む　龍太

「肥後・天草小旅十句」のなかの作。真珠の養殖をしている肥後の事業所での景。小さな刃物で阿古屋貝《あこやがい》を開き手早く真珠を抜きとる作業をしている光景。短日の光のなかに真珠が次々にころりと落ちてくる。句集『涼夜《りょうや》』より。

昭和52年作

新月を揺る波に泣く牡蠣割女《かきわりめ》　蛇笏

新月は月が最初に形をなす細い糸のような弓月で、日暮れ前に出て瞬時に消える。三日月を新月と呼ぶこともある。波に揺れるまで見えているので、この句は三日月であろう。牡蠣を割っている女性にとって冬の新月は涙を誘う。句集『霊芝《れいし》』より。

昭和10年作

返り花濃きむらさきは京のいろ　龍太

感性で得た内容を和ませるのは「京のいろ」の言葉。京都に都のあった昔から紫は洗練された優雅な色とされていた。ひっそりとして冷え冷えと咲く返り花の紫こそ、京都の色彩ではないかと感じる。句集『山の影』より。

昭和56年作

針売も善《ぜん》光《こう》寺《じ》路《みち》の小春かな　蛇笏

いろいろな針を紙袋に入れ箱へ詰め担って歩く針売の行商か、それとも針を専門に売っている露天商か。信濃善光寺の参道の両側に並ぶ店舗を考えると、小春の光に露天に並べた針が輝いている方が印象的ではないか。句集『山《さん》廬《ろ》集《しゅう》』より。

明治42年作

唐《から》寺《でら》の冬韋《い》駄《だ》天《てん》の跫《あ》音《おと》過ぐ　龍太

唐寺は長崎の崇福寺《そうふくじ》のこと。寛永六年に建立したもので帰化中国人の菩提寺。本堂など国宝。韋駄天はよく走る小児の病魔を除く神。その唐寺に立つと冬の風が韋駄天の走る足音のように吹き抜けていった。句集『今昔《こんじゃく》』より。

昭和55年作

橇《そり》馬《うま》の臀《しり》毛《げ》少なに老いにけり　蛇笏

句集『家郷《かきょう》の霧』昭和二十八年の最後に橇馬の作が六句あり海辺の句もある中の一句。前書もなく、この年の年譜を調べても橇馬の働く地方への旅はない。よく観察していなければ臀毛の薄くなった橇馬の老いなど表現できない。回想の作。　昭和28年作

領事館より飛ぶ朴《ほお》の一葉かな　龍太

朴は日本特産の高木で葉は大きく古代は皿として用いられた。花も大きく芳香があるので領事館には似合うだろう。誰《だれ》でもは入れない領事館の庭から朴の落葉が一枚風に乗って門外に飛んできた。静寂さの中の動きが句の生命。句集『山の木』より。　昭和49年作

十二月

十二月

あら浪《なみ》に千鳥たかしや帆綱巻く　蛇笏

千鳥が冬の季語と認識されたのは、古来の名歌が千鳥と冬の寒さ冷たさを背景にしたからか。海が荒れ大波となり、千鳥は空高く飛ぶ。急ぎ綱を巻き帆を張る動作に緊迫感が漂う。蛇笏二十一歳の代表作のひとつ。句集『山廬集《さんろしゅう》』より。明治39年作

微雨しばらくは銀座にも十二月　龍太

煙るような小雨が銀座にも降っている。冷え冷えとしたなかに、もう十二月になってしまった、というものさびしさが底流にある。この銀座は東京の京橋から新橋にかかる繁華街。地方の銀座では寂《せき》寥《りょうかん》感が湧《わ》かない。句集『遅速《ちそく》』より。昭和60年作

大艦をうつかもめあり冬の海　蛇笏

艦はいくさぶねであるから軍艦。しかも大型の艦である。時代を考えると日露戦争が終わって十年後。横須賀港あたりの景であろうか。寄港の軍艦をめがけかもめが群れ飛ぶ。背景に冬の寒々とした海が広がる。句集『山廬集《さんろしゅう》』より。

大正4年作

木賊《とくさ》叢《むら》濁世《じょくせ》を隔て落葉浴び　龍太

熱海双柿舎での作。双柿舎は坪内逍遥の住んだ家を保存している所。落葉を浴びながら木賊の常緑の庭を歩く。双柿舎は静寂をきわめて別世界の感じがする。一歩外に出るとこの世の末世《まっせ》を思わせる濁りを感じる。句集『山の影』より。

昭和58年作

大江戸の街は錦《にしき》や草枯るる　蛇笏

前書に「草廬《そうろ》に籠《こも》りて」とある。学業を半ばにして東京から境川村に帰ったのは明治四十二年。それから四年。東京の文壇は活発に動いているのにこの山中での俳句活動はどうであろう。そんな感慨がおこる二十八歳の作。句集『山廬集《さんろしゅう》』より。

大正2年作

襟ことに白きおもひの闇《やみ》寒し　龍太

「川端京子さんの急逝を悲しむ」の前書あり。京子は「雲母」同人、前年十二月交通事故により四十四歳で急逝。福岡県門司の俳人。この句の通り端麗の美女でいつも和服姿であった。「闇寒し」に悲しみのすべてがこめられる。句集『春の道』より。

昭和45年作

岬《さき》山《やま》の緑竹にとぶ千鳥かな　蛇笏

岬は半島の小さなものの呼び方で、海につき出している陸地のさき。その岬が山であれば岬山となる。緑竹は青々とした竹。千鳥は冬の鳥である。海に突き出した岬山に緑の竹が茂り、千鳥の白さに寒さがつのる。句集『山廬集《さんろしゅう》』より。

明治44年作

行年五十歳漱石は石蕗《つわ》の黄に　龍太

夏目漱石は大正五年十二月五日五十歳で没す。小説家であるが俳句も正岡子規と知り合い二千六百ほど残す。石蕗の花は黄色とあえて季語を修飾しているのは、漱石の人生そのものを色に例えれば石蕗の鮮やかな黄色だと。句集『涼夜《りょうや》』より。

昭和52年作

葉むらより逃げ去るばかり熟《う》れ蜜柑《みかん》　蛇笏

蛇笏逝去の年の作であるから、静岡などの蜜柑園の過去の景を現在に引き寄せて作句したものであろう。逃げ去るばかりの表現に病床での作である感じがする。濃緑の葉の中で熟れた蜜柑の鮮やかな黄が逃げていくばかり。句集『椿花集《ちんかしゅう》』より。　昭和37年作

短日の鷗《ごめ》のひかりに重き海　龍太

最も日照時間の短くなる時季である。海上を自由に羽ばたく鷗《かもめ》の白さが、短日の太陽の光にきらめいている。その下に重く沈んだ海が広がる。二人の兄の戦死が確定した後だけに、「重き」の言葉がずっしりとひびく。句集『百戸の谿《たに》』より。　昭和23年作

炉《ろ》開《びらき》やほそき煙りの小倉山　蛇笏

地図を見ると小倉山は岩手・栃木・北海道などにも標示されているが、この句の場合は京都の嵯峨渡月橋から見える小倉山。その山から一筋の細い煙があがっている。今の季節であれば炉開きの煙であろうと。句集『山廬集《さんろしゅう》』より。

明治41年作

寒き山見てうつくしき海にあり　龍太

選句のために熱海によく行っていたので、この句を読んだとき相模灘が浮かんだ。十二月であれば伊豆の山々も枯れ枯れとして褐色の冬山。眼《め》を山から太平洋に移すと紺青の海が広がって息を飲む美しさであった。句集『山の木』より。

昭和50年作

ありあけの月をこぼるゝちどりかな　蛇笏

「ありあけ」は月が空に残っている夜明けのことで有明と書く。西空に有明の月が薄く残っている彼方《かなた》から千鳥はこぼれるかのように飛んでくる。感性の鋭さをなだめて表現しているのが、「月をこぼるゝ」である。句集『山廬集《さんろしゅう》』より。

明治44年作

海を見てまた山を見て日短し　龍太

十二月二十二、三日ごろが冬至、一年中で最も昼の時間の短い日であるから逆に夜が一番長い。そんな短い日のなかで、海を眺め山を眺めてこれからの行方を熟考しているのではあるまいか。たちまち一日が過ぎていった。句集『遅速《ちそく》』より。

平成2年作

船よせて漁《すなど》る岸の冬日かな　蛇笏

魚や貝、こんぶ類などの海の産物をとることの古い言葉が「すなどる」。漁業権があって誰でも漁をすることはできないので、その地に住む漁師であろう。船を岸に寄せると冬の日が明るく差して漁る作業に力が入る。句集『山廬集《さんろしゅう》』より。　明治42年作

冬の海てらりとあそぶ死も逃げて　龍太

べた凪《なぎ》の冬の海を見つめていると、死のことなど忘れてしまうような明るさがある。「てらりとあそぶ」の表現に冬の静かな凪の海が感じられる。こんな静かな海からは多くの死も逃げ去っていくようであると。句集『童眸《どうぼう》』より。　昭和33年作

冬海の漁舸《ぎょか》を淋しむ旅人《りょじん》かな　蛇笏

冬の寒々とした海にぽつんと漁船が漂っている。比較的大きな船であることは舸によって表現されている。旅人として眺めるときことさら流離感が湧《わ》いて淋しさが増してくる。明治時代の青年の旅情がにじむ作。句集『山廬集《さんろしゅう》』より。

明治44年作

雪の一茶いまくらやみの果てにあり　龍太

前年の晩秋野尻湖で句会があり一茶の里を散策している。もう柏原は雪が深くなっているだろう、とじっと暗闇《くらやみ》の果てを見つめる。そして庶民に心を寄せて俗語・方言を駆使した一茶の個性的な俳諧を考える。句集『春の道』より。

昭和44年作

苫《とま》寒く星座の浸る汐《うしお》かな　蛇笏

苫はスゲやカヤなどの植物で編んだおおい。そまつな小屋の屋根や、家の囲いなどに使われた、と辞典にある。苫家の寒さから外に出ると、空にあふれる星座が海に近々と輝き浸るような感じ。冬の星座を完璧《かんぺき》に表す。句集『山廬集《さんろしゅう》』より。

昭和6年作

東京も果ての山辺の夕時雨　龍太

東京の果ての山辺であるから多摩丘陵や秩父多摩甲斐国立公園方面であろう。東京でも山地があり、寒々と夕暮れの時雨が山辺をわたっていく。東京の果ての山辺という表現で、大景の句となりリズムの整った美しさがある。句集『春の道』より。

昭和45年作

海港の師走風景寄席灯《とも》る　蛇笏

今年も残り少なくなった師走の港街。あわただしさのなかに寄席小屋の照明が煌々《こうこう》と灯っている。これも港の師走風景であるとしみじみ思う。寄席と師走の港街を夜の風景として作句し余情を生む。句集『白嶽《はくがく》』より。

昭和15年作

茶畑の空はるかより鰤《ぶり》起《おこ》し　龍太

鰤起しは主に北陸の沿岸地方で冬に鳴る雷のこと。この雷が鰤を寄せる豊漁の前触れとされている。十二月の雷を茶畑の中で聞き、不思議に思いはるかな海の果ての空に目をやる。鰤起しは十一月から一月に富山で多い。句集『山の木』より。

昭和50年作

ペチカ燃え牕《まど》の寒潮鴎《ごめ》とべり　蛇笏

前書に「青森港」とある。ペチカは暖房装置で石・煉瓦《れんが》・粘土などで構築したもの。牕は窓と同じと考えてよいだろう。全体に異国情緒を感じるのはペチカのため。室内は暖房がきき窓の外は寒い海に鴎《かもめ》が白々と飛んでいる。句集『山響集《こだましゅう》』より。

昭和11年作

凍光の船にその日の糧《かて》を積む　龍太

海の寒々とした波が着岸している船にしぶいて凍るようだ。船にはいろいろな食料品が積みこまれている。離島への生活用品の運搬を思わせるのは「その日の糧」の表現で、すぐに出航する気配がある。句集『山の木』より。

昭和50年作

年の瀬や旅人さむき灯をともす　蛇笏

今年も残る日が少なくなり年の瀬の感じを深くする。それも旅の宿であるならば、寒さはことさら強く感じられるだろう。部屋の灯をつけてしみじみ過ぎた一年を振り返る。旅人の言葉に憂愁の思いが漂っている。句集『山廬集《さんろしゅう》』より。　大正15年作

引《ひっ》越《こし》の荷がゆく雪の伊吹山　龍太

伊吹山は滋賀・岐阜の境にある山で昔から薬草が多く有名。東海道新幹線でよく見えるが、気象は日本海の影響をうけ雪が多い。引っ越しの荷を積んだ自動車が雪の伊吹山を背景に疾走《しっそう》している実景で、「引越の荷」が面白い。句集『涼夜《りょうや》』より。　昭和50年作

写真師のたつきひそかに花八つ手　蛇笏

句集『山響集《こだましゅう》』では前書に「公園風景」とあり、中七には「生活《たつき》」と漢字に振り仮名があった。その後に出版した『春蘭《しゅんらん》』では、前書はなく平仮名で「たつき」と表されている。上野公園での作で写真師の生活が花八つ手の陰にちらりと見える。

昭和12年作

巨船目の前に真冬の風車売り　龍太

横浜港あたりの風景であろう。大きな客船が目の前に停泊している。冬の寒さがきびしくなってきた中に、時季外れの風車をくるくる回して売っている人。藁《わら》の棒に色とりどりの風車が海風に勢いよく回っている。句集『春の道』より。

昭和44年作

松風にき丶耳たつる火桶《ひおけ》かな　蛇笏

前書に「東行庵《とうぎょうあん》即事」とある。東行庵は下関郊外の高杉晋作ゆかりの寺。京都の友人が庵を訪ねると蛇笏のこの句碑があったそうだ。生前句碑を建てなかった蛇笏だけに驚いたという。尼寺の庭に無断で建ったのではないか。句集『山盧集《さんろしゅう》』より。　昭和6年作

十二月西国どこか香くさし　龍太

表現されてみると西国はどこか香のにおいが感じられる。この西国は九州方面ではなく、京都を中心とした近畿地方《きんきちほう》西国三十三所の観音霊場のある西国であろう。ことに十二月は観音様に祈願することが多くなる月。句集『遅速《ちそく》』より。　昭和60年作

銀座裏まひたつ湯気に夜の雪　蛇笏

前書に「上京偶々深夜に入る」とある。東京銀座裏であるならば、飲食店が多いのであろう。厨房《ちゅうぼう》から湯気が路地のあちこちに吹き出している。折から深夜の雪が舞いはじめて湯気のなかに消えていく。句集『家郷《かきょう》の霧』より。

昭和29年作

河豚《ふぐ》食うて仏陀《ぶつだ》の巨体見にゆかん　龍太

河豚は冬の季語。この季節になると味がすこぶるよくなる。刺身・鍋《なべ》もの・雑炊など河豚料理は多々ある。最後の河豚雑炊を食べ終わり、鎌倉の大仏に参詣《さんけい》する。鎌倉と限定しなくてもよいが、潮の香る鎌倉が調和する。句集『今昔《こんじゃく》』より。

昭和54年作

六《ろく》波《は》羅《ら》へぼたん見にゆく冬至かな　蛇笏

六波羅は京都六波羅蜜寺周辺の呼称。冬至に咲く冬牡丹《ふゆぼたん》の花はやや小ぶりだが、寒気にめげぬ可憐《かれん》さの中に、激しさが秘められている感じである。六波羅と冬の牡丹は言葉も調和して美しい。蛇笏はこの年十一月結婚している。句集『山盧集《さんろしゅう》』より。　明治44年作

年の瀬の人目拒める海の澄み　龍太

クリスマスになるとその年も残り少なく数え日となる。このころから身辺が慌ただしく年の瀬の活気が出てくるが、そんなことにかかわりなく海は青く澄み、多忙な人の目を避け拒んでいるように静かである。句集『山の影』より。　昭和59年作

極月《ごくげつ》の白昼《ひる》艶《えん》たるは海の藍《あい》　蛇笏

極月は十二月のこと。残り少なくなった歳末の海は真昼どきで静かだ。濃い青色があでやかに輝き、しかもなまめかしいほどの感じが海の藍色にはある。古くからこの色を好んで日本各地で藍の草が栽培されていた。句集『雪峡《せっきょう》』より。　昭和24年作

年暮るる北方領土棘《とげ》のごと　龍太

北方領土は歯舞諸島《はぼまいしょとう》・色丹島《しこたんとう》・国後島《くなしりとう》・択捉島《えとろふとう》の四島。その帰属について戦後六十年近く経っても解決しない。今年も終わろうとしている思いのなかに、北方領土のことが棘のように胸をさす。北海道から手の届くような島だ。句集『山の影』より。　昭和59年作

年惜しむ高層街の夜の雨　蛇笏

戦後の東京もいよいよ高層建築に入っていく。年末の夜に降る雨は過ぎてゆく年を惜しむ感慨を深める。特に都会の高層街にあっては、戦中戦後の思いが走馬灯のようにかけめぐる。淡々と表現した奥に悲しさが染みている。句集『雪峡《せっきょう》』より。　昭和24年作

大年《おおとし》の夜に入る多摩の流れかな　龍太

多摩川の流れを渡り上京し、多摩川の鉄橋を渡って境川村に帰る。大年は大晦日《おおみそか》のことで、夜になると除夜。俳句を最初に発表したのも多摩のほとりの作。しみじみとしたものが多摩の流れのなかにはありじっと見入る。句集『涼夜《りょうや》』より。　昭和52年作

灯海に天は昏《く》らみて歳《とし》の市《いち》　蛇笏

歳の市は正月用品を売る市のことで、関東では浅草、関西では黒門市場の盛況が有名。灯が海となる市は東京浅草。前書にも「浅草風景」とある。しかも、この市の灯の明るさで、たそがれ時の空が早々と暗くなる。句集『山響集《こだましゅう》』より。

昭和12年作

あをあをと年越す北のうしほかな　龍太

今年の除夜はこの句を口ずさみながら新しい年を迎えよう。大岡信『折々のうた』の大年《おおとし》に収められていた。朗々とした光が闇《やみ》の中から差してくるような感じがする。海国日本の除夜に最もふさわしい作である。句集『忘音《ぼうおん》』より。

昭和41年作

あとがき

『蛇笏・龍太の旅心』は、前にまとめた『蛇笏・龍太の山河』の続編である。平成十三年五月一日から同十五年四月三十日まで山梨日日新聞に連載した「四季の一句」では、飯田蛇笏・龍太両先生の旅での俳句に焦点を合わせて紹介してきたが、山梨にいて旅心にかられた作も僅かに入っている。前回の『山河』は山梨県内で作った俳句を中心にしたので、今回の『旅心』とは対照的。蛇笏先生は『旅ゆく諷詠』の紀行文集一巻を昭和十六年四月に出版され、朝鮮半島から中国大陸の旅吟八十句を収めている。昭和二十六年三月には北海道花樺会から出版した『北方羇旅の諷詠』九十四句をこの句文集で発表。龍太先生は外国に一歩も踏み入らず日本国内の北海道から九州までの旅吟を年々続けて発表しているので、両先生の旅での俳句を紹介することにした。

今回の執筆・出版にあたり山梨日日新聞社の信田一信氏、並びに文化部・出版部の方に大変お世話になったことを厚く御礼申し上げる。

平成十五年六月

福田甲子雄

■著者略歴

福田　甲子雄　ふくだ・きねお

俳人。昭和2年、山梨県白根町生まれ。22年より俳誌「雲母」に拠って作句をはじめ、飯田蛇笏・龍太父子に師事。38年から平成4年の終刊まで同誌の編集同人をつとめ、現在「白露」同人。その間、昭和46年には第五回山廬賞を受賞した。句集に『藁火』（雲母社）『青蟬』（牧羊社）『白根山麓』（角川書店）『山の風』（富士見書房）『盆地の灯』（角川書店）『草虱』（花神社）、評論・鑑賞に『飯田龍太』（立風書房）『龍太俳句365日』（梅里書房）『飯田蛇笏』（蝸牛社）『飯田龍太の四季』（富士見書房）『蛇笏・龍太の山河』（山梨日日新聞社）、入門書に『肌を通して覚える俳句』（朝日新聞社）など。平成17年4月、死去。

蛇笏・龍太の旅心　四季の一句

2003年7月23日　第1刷発行
2012年9月25日　第3刷発行

編著者　福田　甲子雄
発　行　山梨日日新聞社

〒400-8515　甲府市北口二丁目6-10

TEL　055-231-3105

ISBN978-4-89710-714-1
定価はカバーに表示してあります。